SOG

Herausgegeben von
Beate Carlsen

SOG

Kurzgeschichten von

Annika Kemmeter
Arina Molchan
Daniela Gassmann
Eric Rahn
Lydia Wünsch
Sara Zinser
Sophia Thomsen
Verena Rabus

Deutsche Erstausgabe 2015
Copyright © 2015 Beate Carlsen. Erschienen bei TUBUK digital.
TUBUK digital ist ein Imprint der Open Publishing Rights GmbH.
Alle Rechte vorbehalten. Das Werk darf – auch teilweise –
nur mit Genehmigung des Verlages wiedergegeben werden.
Redaktion: Beate Carlsen, München
Umschlaggestaltung: Alexander Beck, München
Satz und DTP: Alexander Beck, München
ISBN 978-3-95595-050-7

Was verlieren die Menschen

Im Park und warum
Behandschuht Händchen halten

Selbstgestricktes Schachbrettmuster
Ihr Schloss rostet noch

An der Brüstung
Der Schlüssel abgetrieben

"Krass, da blubbert's!"
Schnuller am Baum –

Zu hoch für ein Kind
Das ist Erziehung!

**Gemeinschaftsgedicht
mit Anton G. Leitner**

Vorwort

Beate Carlsen

Da sind viele Dinge, die ich nicht vergessen werde. Zum Beispiel den fragenden, ungläubigen Blick der hereinströmenden Studentinnen und Studenten, als sie mich sahen – hinter dem Berg von leeren Schuhschachteln. Aber ich hatte es mir eben in den Kopf gesetzt, sie mit Material zu versorgen und zu motivieren. Sammelboxen sind ein Standardtipp in Schreibseminaren. Außerdem hatte ich noch leere Journale dabei und Namenskärtchen. Das ist unglaublich lange her, wenngleich es nur ein Universitätssemester war.

Unvergesslich ist auch der Moment, als niemand im Raum mehr auskam; jeder war von mir gezwungen, die nächsten 10 Minuten zu schreiben ohne abzusetzen, ohne Punkt und Komma, auf der Jagd, die eigenen Gedankenfetzen – was immer sie sein mochten – einzufangen und aufs Papier zu bringen. Ich glaube, es dämmerte den meisten, dass so ein Creative Writing Workshop persönliche Hemmschwellen einreißen muss, als ich sie gleich darauf ihre Stream of Consciousness Stücke vor allen vorlesen ließ. Ausnahmen gab es keine. Niemand hat diesen Augenblick wieder vergessen.

Dass jetzt eine Sammlung unserer Kurzgeschichten vor uns und Ihnen liegt – nein, das war nicht auf meinem Radar am Anfang dieses Wintersemesters 2014/2015.

Wir lasen T.C. Boyle Short Stories, mit ihrem Reichtum an genialer Plotentwicklung, ihren Aha-Momenten am Ende, die dem Leser die Welt in ein neues, unverhofftes Licht rücken. Klassiker moderner Erzählkunst. Doch meine jungen Autorinnen und Autoren waren gar nicht vor Bewunderung erstarrt und verstummt – sie legten los!

Ich bin überwältigt, wie viel Talent ich in meinem Workshop sitzen hatte. Die Ideen flogen uns von allen Seiten zu und um die Ohren. Diese Schreibenden haben unverwechselbare Stimmen. Ein Schriftsteller ist ein Talent mit dem Vermögen Umzuschreiben!

Wohin soll so viel Talent führen? Zunächst hierher, zu dieser Anthologie. Jede dieser Geschichten ist ganz anders als die anderen. Die Szenarien sind so unterschiedlich. Keine Erzählstimme gleicht der anderen. Immer geht es um Menschen. Ja, das könnte man vielleicht als Gemeinsamkeit herauskristallisieren, das Interesse am Anderen, das genaue Hinschauen und Hinhören.

An dieser Stelle möchte ich mich gerne bedanken für all die Unterstützung, die der Workshop und ich erfahren haben. Frau Dr. Simone Malaguti (vom Praxisbüro der Sprach- und Literaturwissenschaften der LMU) glaubte an mein Vorhaben, einen Creative Writing Workshop anzubieten und gab uns ein Zuhause an der LMU. Ihre Kolleginnen Frau Dr. Christina Märzhäuser und Frau Dr. Bärbel Harju (beide vom Studienbüro der Sprach- und Literaturwissenschaften an der LMU) unterstützten uns bei der Herausgabe dieser Anthologie.

Anton G. Leitner wurde unser Freund und Mentor. Gemeinsam entstand das Gedicht „Was verlieren die Menschen".

Ganz herzlichen Dank an Alexander Beck. Seine Kompetenz kennt keine Grenzen, die ich kennengelernt hätte!

Nie wieder wird für diese Acht die Frage auftauchen, ob man sich selbst nun wirklich als Schriftsteller und Autor bezeichnen sollte. Der erste, entscheidende Schritt ist getan.

Beate Carlsen wurde am 31.07.1964 in München geboren, ging hier zur Schule und studierte Literatur und Philosophie an der LMU. Dann war es aus mit der Sesshaftigkeit. Die nächsten 20 Jahre verbrachte sie mit wachsender Familie und wechselnden Tätigkeiten im Süden Englands, im Herzen von Silicon Valley, Kalifornien und in Santiago de Chile. In Kalifornien hatte sie kurzzeitig eine eigene Bäckerei auf einem Farmer's Markt, rief aber auch gleichzeitig ein Creative Writing Programm ins Leben, eine Passion, der zuliebe sie das Backen links liegen liess. Zur Zeit ist Beate Carlsen freie Mitarbeiterin an der LMU in München mit mehreren Workshops für Kreatives Schreiben im kommenden Semester.

In den lyrischen Sog geraten

Vorwort von Anton G. Leitner, Weßling, den 2.4.2015

Am Freitag, den 16. Januar 2015 war ich zu Gast bei der Prosathek. Im interfakultären Seminar für Kreatives Schreiben von Beate Carlsen liegt der Fokus primär auf der Verfertigung von kurzen Prosastücken. Meine Aufgabe war es nun, die Studentinnen und Studenten zum Verfassen eines Gedichts zu animieren und ihnen dabei die Möglichkeiten dieser Gattung aufzuzeigen. Auch wenn sich das „Gedicht" begrifflich vom lateinischen Verb „dicere" (sagen / sprechen) ableitet, hat es auch sehr viel mit Verdichtung von Sprache zu tun. Wenn nur wenige Worte einen Vers und wenige Verse ein Gedicht bilden, und das Ganze auch noch klanglich und rhythmisch durchstrukturiert werden soll, kommt es buchstäblich auf jede Silbe an.

Für mich gibt es kein präziseres Instrument zur Schärfung der Wahrnehmung als die Lyrik. Deshalb bin ich mit den jungen Autorinnen und Autoren in den Englischen Garten gegangen und habe sie gebeten, auf besondere Details zu achten. Dies kann ein Schnuller sein, der an einem Band im Geäst hängt, oder einige Wortfetzen aus dem Mund von drei Buben, die am Eisbach die Strömung des Wassers verfolgen und dabei „Krass, da blubbert's" ausstoßen. Oder ein behandschuhtes Liebespaar, das safer-sexy Händchen hält.

Zurück in den vier Wänden der Seminarbasis sortierten wir unsere Wahrnehmungsfunde und collagierten daraus ein Gedicht mit dem Titel „Was verlieren die Menschen". Dieser lyrische Gemeinschaftstext von Arik Dreher, Daniela Gassmann, Arina Molchan, Verena Rabus, Eric Rahn, Lydia Wünsch, Sara Zinser, Beate Carlsen und mir ist in der vorliegenden Sammlung kurzer Prosa als einziges Gedicht mit abgedruckt. Meines Erachtens enthält er sehr viele Elemente eines gelungenen Gedichts und mehrere seiner Verse kann ich seither auswendig abrufen, ohne dass ich den Text je gelernt hätte: ein Zeichen dafür, dass es uns am Freitag, den 16. Januar 2015 allen zusammen gelungen ist, etwas zu erschaffen, was sich im Gedächtnis verankert. Und das ist das Beste, was Literatur leisten kann.

Anton G. Leitner, geboren 1961 in München, ist examinierter Jurist. Er lebt in Weßling (Landkreis Starnberg). Seit 1993 arbeitet er hauptberuflich als Lyrikvermittler und gibt in seinem Verlag die buchstarke Jahresschrift DAS GEDICHT heraus, die sich zu einem internationalen Forum für Gegenwartslyrik entwickelt hat und auch eine englischsprachige Tochterausgabe unterhält („DAS GEDICHT chapbook. German Poetry Now"). Leitner erweiterte die Aktivitäten seines auf Lyrik spezialisierten Verlags seit Mitte der 90er Jahre in multimediale Bereiche. Neben dem Online-Portal dasgedicht.de vermittelt er Lyrik über DAS GEDICHT blog (dasgedichtblog.de), lyrik tv auf Youtube (dasgedichtclip.de) sowie in sozialen Netzwerken wie Facebook oder Twitter. Von ihm erschienen neben einer Erzählung, einem Kinderbuch und drei Hörbüchern bislang neun Lyrikbände, u. a. „Die Wahrheit über Uncle Spam und andere Enthüllungsgedichte", ein Titel, der in Bayern politische Wellen bis hinauf zur Ministerebene schlug (2011). Außerdem veröffentlichte er 36 Anthologien, vorwiegend im Deutschen Taschenbuch Verlag (dtv), zuletzt „Weihnachtsgedichte" (2014) und „Gedichte für Reisende" (2015). Er wurde für sein literarisches und editorisches Werk mehrfach ausgezeichnet, u. a. mit dem „V. O. Stomps-Preis" der Stadt Mainz und dem Kulturpreis „AusLese" der Stiftung Lesen. Deutschlandradio Kultur sendete zur Leipziger Buchmesse 2015 seine Lesart-Originaltonserie „Wenn Verse locken. Das Gedicht im Liebeseinsatz".

Autorenwebsite: www.AntonLeitner.de

Aussetzer

Annika Kemmeter

Ihr Magen knurrte laut. Josy fragte sich, ob die junge Frau neben ihr es über das Rattern der U-Bahn hinweg gehört hatte. Sie reagierte jedenfalls nicht, sondern starrte mit leeren Augen geradeaus, auf den vorbeisausenden Beton. Wie alt sie wohl war? Josy hatte nichts zum Lesen dabei. Sie erschlug die stumpfe U-Bahnfahrtzeit, indem sie Leute beobachtete. Vielleicht siebzehn? Hatte vielleicht gerade eine Freistunde? Sie war stark geschminkt und ganz in Weiß gekleidet, verziert mit einem billigen Glitzergürtel. Auf Josys anderer Seite saß ein Mann. Auch er hatte auf das laute Knurren ihres Magens nicht reagiert, in seine Titanic versunken. Josy schielte in die Zeitschrift. Die Titanic machte sich über die Fifa lustig, doch der Mann hielt das Heft so, dass sie nichts weiter lesen konnte.

Im Gang stand ein jeansblauer Kinderwagen von Joolz. Mit hellem Leder am Haltegriff. Kein schlechtes Modell. Aber sehr teuer. Typisch München. Josy richtete sich auf, um einen Blick auf das darin schlummernde Baby zu erhaschen. Es trug ein weißes Mützchen, hatte dunkelbraune Augen und eine kleine Knollnase, die ihm ein lustiges Aussehen gab. Es öffnete den kleinen roten Mund zu einem großen Gähnen. Josy lächelte. Es musste etwa zwei, drei Wochen alt sein. Jetzt schloss es seine Augen und schlummerte friedlich ein, durch das Ruckeln der U-Bahn an die Bewegungen im Mutterbauch erinnert. Josy ließ ihren Blick durch die Menge gleiten. Sie machte die Mutter schnell aus. In geringer Entfernung zum Kinderwagen lehnte sie müde an der Tür. Die Augen geschlossen, darunter violette Ringe. Alle zwei Stunden stillt sie das Kind, auch nachts. Die meisten Menschen haben keine Vorstellung davon, wie fertig frische Mütter sind, gequält von einer monatelangen Schlaffolter. Josy lächelte. Zum Glück gibt es die Hormone. Oxytocin. Das hält sie am Leben, dachte Josy und betrachtete wohlwollend die junge Mutter, die gerade ihre müden Augen geöffnet hatte, um nachzusehen, an welcher U-Bahn-Station sie gerade hielten. Am Sendlinger Tor. Die Mutter trug eine Bluse unter einer Strickjacke, was das Stillen erleichtert. Sie stillt eindeutig, bei ihr hat es also gut geklappt. Wahrscheinlich hatte sie eine gute Hebamme. Die Brüste waren groß und prall, gefüllt mit frischer Milch. Josy hörte und spürte schon wieder das wütende Brüllen in ihrem Bauch. Wie unangenehm. Ich bin ja schon auf dem Weg. Ich geh doch gleich einkaufen!, beschwor sie ihren Magen. Gleich gibt es ein belegtes Brötchen von Zöttl. Doch das besänftigte den Magen nicht, es stachelte ihn an. Die Siebzehnjährige starrte Josy an. Ihre Augen waren matt, sie machte einen dummen Eindruck. Josy sah zurück, bis die Augen des Mädchens wieder der vorbeihuschenden Wand folgten. Josy betrachtete die anderen Mitfahrer. Ein alter Mann saß, auf einen Stock gestützt, neben seiner Frau, beide trugen Hut. Trachtenjacken. Sie schwiegen. Ein Mann mittleren Alters, sportlich gekleidet, in sein Handy vertieft, saß Josy gegenüber, daneben ein junges Mädchen, das kaugummikauend Musik hörte. Betäubender Deoduft: Fünf Teenager mit Frisuren wie aus Beverly Hills 90210 im Gang lachten über ein Youtube-Video. Schulschwänzer? Ein freier Tag wegen Lehrerversammlung? Eine Dame, denn anders konnte man sie nicht bezeichnen, mit großem, wallendem, buntem, aber edlem um den Oberkörper geschwungenem Tuch, aufgedrehten Locken und perfekt geschminkt, war wohl gerade auf dem Weg zu einer Kunstausstellung. Oder zu einem Sektempfang mit Freundinnen in einem netten kleinen Café. Sie bewegte den Kopf ein wenig und Josy sah eine schimmernde Stelle auf der Stirn. Doch nicht ganz perfekt… Die U-Bahn wurde langsamer, die Dame stand auf. Nächster Halt: Marienplatz. Plötzliches Gedränge, in der ansonsten eigentlich eher leeren U-Bahn. Hier, im hintersten Teil des Zuges, saßen und standen alle die, die am Marienplatz aussteigen wollten. Sie, Josy, würde noch bis zur Münchner Freiheit weiterfahren. Das Brötchen kaufen, in den Kaufhof eintauchen, wo sie ein Geschenk für eine Freundin besorgen wollte, sich dann auf den Weg zur nächsten Wöchnerin machen. Sie schmunzelte. Das Wort Wöchnerin kam ihr immer noch vor wie ein Relikt aus dem Mittelalter. Die Türen öffneten sich und ließen die Menschen hinaus. Fast hätte sie es nicht bemerkt. Sie sah es nur im Augenwinkel. Hätte sie in eine andere Richtung gesehen, wäre es ihr entgangen. Aber so zog es ihre Aufmerksamkeit auf sich. Bis Josy verstand, was sie gerade erlebte, dauerte es noch einige Augenblicke, dann sprang sie auf. „Hey! Hallo? Halt! Ihr Baby!" Die Frau hatte vergessen, ihren Kinderwagen mitzunehmen. Sie musste aufgehalten werden. Schon füllten neue Menschen die U-Bahn wieder auf, schoben sich Sardinen bereitwillig in die Dose. Josy dachte nicht nach. Sie löste die Kinderwagensperre mit dem Fuß und drängte sich durch die einströmenden Körper, Arme und Beine, durch die Tür. Hinaus. Raus aus der U-Bahn. „Halt!", rief sie nochmal. „Ihr Kind!" Doch die Frau eilte über den Bahnsteig. Menschen schimpften, weil Josy ihnen über die Füße fuhr und den Kinderwagen durch sie hindurchquetschte.

Warum blieb die Frau nicht stehen? War es etwa kein Versehen? Hatte sie ihr Kind absichtlich in der U-Bahn gelassen? Die U-Bahn schloss ihre Türen mit Piepsen und blinkendem Licht. Josy nahm es nicht wahr. Die Menschen waren aus dem Weg, sie rannte, den Kinderwagen vor sich herdrückend, der Mutter hinterher. Diese erreichte gerade die Rolltreppe. Überholte die stehenden Menschen von links, stieg kraftvoll die Treppe hinauf und warf nicht mal einen Blick zurück. Josy schrie nun aus voller Kehle: „Stehenbleiben! Ihr Kind! Halt! Bleiben Sie stehen! Verdammt!" Hörte die Frau sie denn nicht? Irritierte, peinlich berührte Blicke von den Menschen, die auf der Rolltreppe abwärts fuhren. Sie kannte das. Es gab lauter Verrückte wie sie, die plötzlich im Wahn Schreie ausstießen. Niemand reagierte. Niemand versuchte die Mutter aufzuhalten.

Bis Josy mit dem ausgesetzten Kind im Wagen am Gipfel der Rolltreppe angekommen wäre, wäre die Mutter auf und davon. Josy konnte es noch nicht glauben. Wochenbettdepressionen sind eine Sache, das kam mal vor. Und ja, natürlich kannte sie Fälle, in denen Mütter ihre Kinder aussetzten. Oder sie hatte jedenfalls davon gehört, aber gerade erlebte sie es persönlich und war wie versteinert. Der Aufzug! Mit dem Aufzug bin ich vielleicht schnell genug! Josy packte den Kinderwagen und flitzte mit ihm zum Fahrstuhl, der, welch ein Glück!, gerade unten war. Eine Frau im Rollstuhl und mit unzähligen Einkaufstaschen brauchte zermürbend lange, um in den kleinen, nach Pisse stinkenden Kasten zu gelangen. Es war gerade so noch Platz für Josy und das schlafende Kind. Josy bemerkte, wie ihre Hände nervös auf den Kinderwagengriff trommelten. Was für ein lahmer Aufzug! Wie viele Geschosse gab es denn hier? S-Bahn Richtung Hauptbahnhof, S-Bahn Richtung Ostbahnhof, Betriebsräume… Sperrengeschoss! Endlich! Josy hielt Ausschau nach der dunkelblauen Strickjacke. Da war sie, flog auf die nächste Rolltreppe zu, um in der frischen Luft, im Sonnenschein dieses Herbsttages zwischen den Menschenmassen am Marienplatz ihrer Verantwortung zu entfliehen. Aber sie würde es später bereuen. Dessen war Josy sich sicher. Ihre Aufgabe war es, Mutter und Kind zu retten. Sie hatte schon einige schwierige Gespräche geführt. Die drei Jahre Berufserfahrung brachten das mit sich. Wer würde es schaffen, wenn nicht sie, die Mutter von ihrer in ihr schlummernden Mutterliebe zu überzeugen – auch wenn sie sie momentan nicht spüren konnte? Also sprintete Josy wieder los, zur Rolltreppe. Es war halb zwölf, die Touristen, die wegen des schiefen Glockengeläuts zum Rathaus pilgerten, müssten schon weg sein. Vielleicht gab es noch eine

Chance, die Mutter zu erwischen. Sonnenlicht stach ihr in die Augen. Frische Luft füllte ihre Lungen. Josy drehte sich mit zusammengekniffenen Augen. Menschen, Menschen, Menschen. Da stand sie! Stand wartend an der Touristeninformation, als hätte sie nicht gerade ihr eigenes Kind der Welt auf Gedeih und Verderb ausgesetzt. Josy verlangsamte ihren Gang. Die Frau schien sie nicht zu bemerken, schien sich keine Sorgen mehr zu machen, von ihrem Baby und der Verrückten eingeholt zu werden. Josy sammelte sich.

„Entschuldigen Sie", sagte Josy behutsam. Sie stellte den Kinderwagen so vor der Frau ab, dass sie hineinsehen, ihr liebes kleines Baby ansehen konnte. Der Anblick würde den Ausstoß von Oxytocin bewirken, ganz sicher. Einen Anflug davon konnte sie sogar bei sich selbst spüren. Obwohl sie tagtäglich Umgang mit Babys hatte. Josy würde alles geben, um diese Mutter und das Kind wieder zusammenzubringen. Aber es war eine schwierige Aufgabe und sie musste achtsam vorgehen. Die Frau lächelte sie höflich an. „Ja?", fragte sie, als würde Josy sich nach dem Weg erkundigen.

„Ich bringe Ihnen Ihr Baby." Josy lächelte aufmunternd. Das Gesicht der Mutter änderte sich schlagartig. Sie spielt die Unwissende!, verstand Josy plötzlich. Josy wies mit der Hand auf das schlafende Kind. „Es ist wundervoll. Perfekt. Das haben Sie geschafft." Die Frau sah sie erstaunt an und biss sich auf die Oberlippe. Dann sagte sie ihrerseits mit einem einfühlsamen Ton: „Sie... Ich glaube, Sie müssen mich verwechseln."

Josy nickte. Sie musste sich auf die Realität der Wöchnerin einlassen. Sie hatte wahrscheinlich viel durchgemacht. Eine schwere Geburt, vielleicht war sie alleinerziehend. „Dann ist das also nicht ihr Baby?"

Die Mutter lachte nun. „Nein."

„Und sie haben den Kinderwagen nicht in die U-Bahn geschoben?"

„Nein. Ich habe den Kinderwagen nirgendwohin geschoben und dieses Kind noch nie gesehen." Sie machte eine kurze Pause. Ihre Augen wurden zu Schlitzen. „Wovon sprechen Sie denn überhaupt? Soll das heißen, Sie wissen nicht, wessen Kind Sie da haben?" Die Mutter zeigte unwirsch auf ihren Kinderwagen. Josy sah sie sprachlos an. Mit einem Gegenangriff hatte sie nicht gerechnet.

„Sie schwören, dass Sie nicht die Mutter sind?", fragte sie noch einmal. Die Frau schüttelte ungläubig ihren Kopf: „Wissen Sie, wem das Kind gehört oder nicht? Wie sind Sie überhaupt an den Kinderwagen gelangt?" Josy antwortete nicht.

„Hören Sie", sprach die Frau wieder auf Josy ein. Josy spürte eine Hand auf ihrem Oberarm. „Wenn Sie das Kind entführt haben, rufe ich jetzt die Polizei." Die Hand ließ den Arm los und fuhr in die Handtasche. „Sie sind ja nicht ganz richtig im Kopf." Sie meinte es ernst. Schon leuchtete ihr Handy auf. Wenn es ihr Ziel gewesen war, den Spieß umzudrehen, so war es ihr gelungen.

„Ich habe das Kind nicht entführt", sagte Josy wenig originell. Die Frau hielt inne und durchleuchtete Josys Gesicht wie ein Laserscanner. Eine fremde Frau trat hinzu. Josys Magen knurrte vernehmlich. „Hallo! Grüß dich!", sagte die Fremde und gab der Mutter rechts und links ein Begrü-ßungsküsschen – oder war das nicht die Mutter? Josy nutzte die Gelegenheit und fuhr mit dem Kinderwagen davon. Sie brauchte jetzt erst mal Ruhe und Zeit zum Nachdenken. Und etwas zu Essen. „Bleiben Sie stehen, he!", hörte sie die Mutter hinter sich rufen. Doch diesmal war Josy diejenige, die auf die Rufe nicht reagierte. Zielstrebig lief sie, ihnen den Rücken zuwendend, zum Café Rischart.

Sie wagte es nicht, den Gedanken zu denken, der in ihr Bewusstsein eingepflanzt worden war wie eine wurzelschlagende Brennnessel. Die Frau musste die Mutter sein! Sie ging im Geiste die anderen Fahrgäste durch, klappte von dem Glitzerengel bis zur Dame eine Karteikarte nach der anderen um. Sie kamen nicht in Frage. Hatte sie jemanden übersehen? Nein. Die Frau. War. Die Mutter. Ihr Magen knurrte laut. Das schwarze Loch im Magen zog ihre ganze Aufmerksamkeit auf sich. Josy parkte den Kinderwagen in Rischarts Verkaufsbereich und erstand ein belegtes Brötchen. Als die Energie in ihrem Gehirn ankam, wurde ihr klar, was für einen Mist sie gebaut hatte. Mist! Mist! Ach, Scheiße! Sie rieb sich mit der freien Hand ihre Wange. Sie fühlte sich elend und taub. Typisch ich! Sie machte immer Mist, wenn sie hungrig war. Sie konnte dann nicht klar denken. Und das wusste sie auch. Das Problem war nur, wenn sie nicht klar denken konnte, war ihr diese Tatsache schändlich unklar. Und jetzt hatte sie den Schlamassel. Sie hatte ein Kind entführt. Aus der U-Bahn. Als Hebamme. Sie sah die Schlagzeile schon auf dem Abendzeitungskasten in die Meute prangen: „Kind von Hebamme aus U-Bahn entführt. Verwirrte Hebamme behauptet, sie hätte die Mutter suchen wollen". Das klang unglaubwürdig. Selbst in ihren Ohren. Sie ließ die Hälfte des angebissenen Brötchens in die Tüte gleiten. Semmel, dachte sie. Das Wort holperte mühsam über durch ihren Kopf. Sie kam aus einem kleinen Ort in Mecklenburg-Vorpommern. Vielleicht war das Großstadtleben zu viel für sie. Was hatte sie sich nur dabei gedacht? Nichts! Josy schob den Wagen durch den Sonnenschein hinaus zum Aufzug. Runter ins Sperrengeschoss. Durch die Menschen zum nächsten Aufzug. Runter ins U-Bahn-Geschoss. Da stand eine U-Bahn-Wache in blauer Uniform. Josy schluckte. Dann ging sie auf den Mann zu. „Eine Frau, die ihr Baby sucht?", fragte der Wächter zurück. „Wieso? Haben Sie eins gekidnappt?", er lachte väterlich über seinen Witz. Eine U-Bahn dröhnte heran. „Natürlich nicht", empörte sich Josy. „Oben am Marienplatz steht ein herrenloser Kinderwagen - sieht fast aus wie dieser." Der Mann hatte schon sein Interesse verloren. „Ist Sache der Polizei", sagte er. „Haben Sie die Polizei informiert?" „Ja", Josy zögerte. „Nein. Aber die anderen, also die Passanten, glaube ich, haben das gemacht. Ich habe nur..." Sie sah auf das verlassene Baby im Kinderwagen und spürte, wie sich rote Flecken in ihrem Gesicht bildeten. „Ich verstehe", sagte der Mann und sah sich auf dem Gleis nach etwas Interessanterem um als einer hormonübersteuerten Mutter. „Sie haben nur gedacht, weil Sie auch Mutter sind, und so weiter. Das wird schon. Überlassen Sie das den anderen." So schickte er sie fort.

Josy setzte sich gut sichtbar, wie sie fand, in die Mitte des U-Bahnsteigs. Den Kinderwagen in sicherem Abstand von sich entfernt. Die Mutter, wenn Josy sie wirklich übersehen haben sollte, wenn sie sich wirklich mit dem Kind in der U-Bahn befunden haben sollte, würde doch sicher hierher zurückkehren. Nach dem Kind suchen. Oder nicht? Wann hatte sie das Fehlen bemerkt? Vielleicht erst an der nächsten Station? Am Odeonsplatz? An der Universität? War sie vielleicht eingeschlafen? Aber Josy konnte sich nicht erinnern, dass jemand geschlafen hatte. Jedenfalls nicht im Umkreis des Kinderwagens. Wer stellt seinen Kinderwagen ab und setzt sich dann mehrere Sitzreihen davon entfernt hin, um zu schlafen? Josy rieb sich ihre Stirn. Ihre Wange. Immer wieder. Sie hatte ordentlich Mist gebaut.
Als nach zwei vorüberleitenden U-Bahnen niemand gekommen war, der Anspruch auf das Kind erhob, setzte sie sich in die nächste U-Bahn. Fuhr zum Odeonsplatz. Die U-Bahn rappelte rasend durch das Dunkel. Reglos und sprachlos saßen und standen die Menschen da. Bei Schwarzfahrern sehen wir rot. Bluejeans von Kaltenbach. Working Agile. Kahle Köpfe, die für ihren Arbeitsplatz warben, grinsten vom Banner in die blanken Gesichter der Menschen. Oberarme, die an zu hohen Stangen hängend im Rhythmus der U-Bahn schaukelten. Odeonsplatz. Die Türen öffneten sich. Josy fuhr das Kind auf den Bahnsteig. Sie sah sich

um. Niemand, der hier wartete. Niemand, der sie vorwurfsvoll empfing. Menschen strömten zu den Rolltreppen. Josy blieb zurück. Sie wartete wieder zwei U-Bahnen ab. Fuhr zur Universität und wartete dort. Zur Giselastraße. Zur Münchner Freiheit. Danach gabelten sich die Strecken der U3 und der U6, die sich für neun Stationen eine Route geteilt hatten. Sie wusste nicht mal, ob sie in einer U3 oder U6 gesessen hatte. Sie war gedankenlos in die U-Bahn eingestiegen und noch viel gedankenloser ausgestiegen, mit einem fremden Kind im Gepäck. Noch schlief es. Wann würde es losschreien? Sollte sie nicht lieber schnell ein Fläschchen kaufen, Wasser und Anfangsmilch? Erst da kam sie auf die Idee, in die Wickeltasche zu schauen. Wie blöd war sie? Sie konnte es nicht fassen. Natürlich! Da musste eine Geldbörse drin sein. Und ein Handy. Ein Hinweis auf den aktuellen Verbleib der Mutter. Wenn Sie Glück hatte, konnte sie das Kind noch rechtzeitig zurückgeben. Rechtzeitig, bevor es aufwachte und Hunger bekam - und rechtzeitig vor ihrem Termin bei Anna und dem kleinen Max um halb zwei. Es wäre knapp, aber es könnte gehen. Josy war erleichtert. Die Lösung war so einfach und sie so ein blindes Huhn. Ein kurzer Blick auf die Uhr am Bahngleis: Viertel nach eins. Sie durchwühlte die Tasche. Zwischen Wickelunterlagen, Windeln, Wundcreme, Ersatzkleidung, Rasseln, Spuck- und Moltontüchern musste doch die Geldbörse sein. Oder ein Handy. Die Tasche hatte Innentaschen. Als ihre wühlenden Finger auf nichts Erlösendes stoßen wollten, räumte sie die Sachen aus. Taschentücher, Einkaufszettel, ein Blistex, Stilleinlagen und Brustwarzensalbe kamen zum Vorschein. Der Platz auf der Bank neben ihr sah aus wie eine Müllhalde. Aber keine Geldbörse. Kein Handy. Das kann nicht sein, dachte Josy. Das kann einfach nicht sein! Welche Mutter nimmt zusätzlich zu ihrer Wickeltasche eine eigene Handtasche mit? Josy untersuchte den Verstauraum unter dem Kinderwagenaufsatz, in dem das Kind friedlich schlief und nichts von seiner Entführung oder Aussetzung mitbekam, und fand nur ein Sonnensegel und ein Regencape für den Kinderwagen. Hatte die Mutter das Kind doch zurückgelassen? Warum sonst hätte sie Geldbörse und Handy aus der Tasche genommen und somit jede Spur von sich verwischt? Dann hatte die Frau am Rathaus also doch gelogen? Aber ihre Freundin hätte doch was gesagt... Josy schlug ihre Hände vors Gesicht. Das konnte doch nicht wahr sein. In der unwirklichen Hoffnung, Opfer von Verstehen sie Spaß geworden zu sein, nahm sie die Hände wieder fort. Aber eine versteckte Kamera war nicht zu entdecken. Nur die offensichtlichen kleinen Beobachtungskameras der U-Bahn-Station, diese kleinen, lauernden Augen, die am Marienplatz aufgenommen hatten, wie eine verwirrte Hebamme mit einem gestohlenen Kinderwagen aus der U-Bahn stürmte. Im letzten Augenblick hinausstürzte, kurz bevor die Türen sich schlossen und die Mutter des Babys ihr nachsetzen konnte. Sie sah die Siebzehnjährige verzweifelt gegen die Scheiben hämmern. Die nächste U-Bahn fuhr ein. Josy setzte sich aufrecht hin, wie schon so oft heute. Sie wartete angespannt auf die Aussteigenden, sah ihnen in die Gesichter. Kein verweintes dabei. Kein verzweifeltes. Keine kinderlose Mutter, die auf sie zugerannt kam. Türen schlossen sich, Menschen gingen davon. Klassik düdelte aus Lautsprechern. Es war zwanzig nach. Die nächste U-Bahn musste sie nehmen, wenn sie nicht zu spät zu Anna und Max kommen wollte.

Das Mietshaus, in dem Anna wohnte, hatte einen Aufzug. Sie schob das Kind hinein. Es war jetzt unruhig geworden und wälzte seinen kleinen Kopf im Schlaf. Die winzigen roten Fäuste hoben sich kurz an und fielen wieder hinab. Josys Gedanken drehten sich im Kreis. Halt!, befahl sie sich selbst. Versuch klar zu denken, Josy! Die Frau am Marienplatz war wohl nicht die Mutter. Aber deshalb muss ich das Kind nicht entführt haben. In der Wickeltasche waren weder Handy noch Geldbörse, nicht mal 'ne Fahrkarte. Die Mutter hat das Kind ausgesetzt! Plötzlich war alles klar. Josy streichelte dem Baby sacht über den weichen Flaum der Augenbrauen. „Deine Mutter hat dich schon vor dem Marienplatz verlassen", flüsterte sie dem Baby zu. So musste es gewesen sein. Absichtlich. Josy musste zur Polizei gehen. Der Aufzug öffnete sich. Sie klingelte an Annas Tür. Schon ging sie auf. Jan stand da und empfing sie freundlich. „Tut mir leid, Jan, wie du siehst, habe ich ein Kind dabei." „Deins?", fragte er und ließ sie herein.
Josy lachte abwehrend. „Nein, nein. Eine andere Wöchnerin, die gerade gar nicht zurechtkommt. Ich war eben bei ihr, sie braucht einfach ein bisschen Schlaf. Alleinerziehend, Kaiserschnitt, du verstehst schon." Josy stellte den Kinderwagen im Flur ab. Jan nickte. „Anna liegt im Bett."
„Sehr gut, wie sich das gehört in der Wochenbettzeit", lobte Josy wie jeden Tag die jungen Eltern.

Sie waren dabei, den kleinen Max zu wiegen, als sich Josys Baby plötzlich meldete. Leise Schluchzer entwickelten sich zu einem Crescendo von wütenden, kleinen, abgehackten Schreien. Josy sah, wie Anna mit dem kleinen Kerlchen mitfühlte. Kerlchen?, dachte Josy. Sie wusste nicht mal, ob es ein Junge oder ein Mädchen war. „Entschuldige, Anna, kannst du Max noch mal nehmen. Ich muss kurz das Baby füttern. Die Mutter hat mir ein Fläschchen mitgegeben."

Anna nickte verständnisvoll.

„Wie heißt es denn?", fragte sie in den Flur. Josy nahm das kleine, leichte Bündel aus dem Wagen. Es weinte herzzerreißend. So ein liebes kleines Ding. Wie konnte jemand sein Baby verlassen? Sie drückte es sanft an sich. „Alles wird gut, alles wird gut. Sch, sch, sch." Sie tat, als würde sie mit der freien Hand in der Wickeltasche kramen. „Kim", antwortete sie in Richtung Anna.

„Kann ich helfen?" Jan trat an ihre Seite.

„Wenn du kurz das Fläschchen rausholen könntest…" Josy lief mit Kim auf und ab. „Sch, sch, sch." So ein kleines Würmchen. So lieb und so unschuldig. Durch ihr T-Shirt suchte das Baby mit dem Mund nach einer Milchquelle. „Ähm", meldete sich Jan endlich, „da ist, glaube ich, kein Fläschchen…" Josy hörte sich tief seufzen. Sie versuchte sich an einem Gesichtsausdruck, der einen genervten Ausdruck zu vermeiden versuchte. „Dann hat sie es wohl vergessen. Ihr habt nicht zufällig Anfangsmilch da?"

„Nein, Anna stillt doch."

Josy ging mit dem kleinen warmen Mäuschen in Annas Schlafzimmer. Es hatte wieder angefangen zu quäken, weil es nichts zum Nuckeln gefunden hatte. „Das ist mir jetzt sehr unangenehm, Anna. Aber meinst du, du könntest… Oh je, also, wenn nicht, ist das kein Problem. Dann geh ich zum nächsten dm und besorge Anfangsmilch. Gibt es einen in der Nähe?"

„Ob ich das Baby stillen kann, meinst du?", fragte Anna ungläubig.

„Eine Milchpumpe habt ihr nicht, stimmt's?"

„Nein."

„Ich weiß, das klingt komisch. Aber in afrikanischen Stämmen ist es ganz natürlich, die Kinder zu stillen. Auch fremde. Aber wenn du nicht willst, brauchst du nicht. Es ist ja nicht deine Schuld, dass ich hier ein hungriges Baby habe." Anna sah Josy lange an. „Deine ja auch nicht", sagte sie und begann ihren Pyjama aufzuknöpfen.

Das Kind wandte in Annas Armen den Kopf hin und her. Es musste die Muttermilch gerochen haben. Schließlich fand es die Brustwarze und sog mit weitgeöffnetem Mund daran. Josy atmete erleichtert auf. Max lag friedlich daneben und lächelte die Lampe an.

„Es tut mir sehr leid", sagte Josy.

„Ach was", antwortete Anna. „Ich habe ja genug für alle." Sie lachte.

„Ist es komisch?"

„Ein bisschen schon. Ist es ein Junge oder ein Mädchen?"

„Macht das einen Unterschied?", fragte Josy zurück. Sie kam sich abgrundtief böse vor. Eine skrupellose Betrügerin war sie. Sie hasste es, Leute anlügen zu müssen. Und dann auch noch ihre Schützlinge, die ihr vertrauten. Es belastete sie. Sie war ein von Grund auf ehrlicher Mensch, manchmal sogar zu ehrlich. Lügen belastete sie. Sie konnte es nicht. Normalerweise. Als Gutmensch wurde sie manchmal beschimpft. Von ihren Kolleginnen und vor allem von ihrem Bruder. Und sie hatten Recht. Hätte sie sich doch nicht des Schicksals des ausgesetzten Babys angenommen! Warum hatte sie es zu ihrer Aufgabe gemacht, die Mutter einzuholen? Jetzt hatte sie ein fremdes Baby an der Backe und log Anna an und nutzte ihre Milch aus, weil sie nicht daran gedacht hatte, rechtzeitig ein Milchfläschchen und Nahrung für das Kind zu kaufen. Anna wechselte die Brust. Kim war ein gieriger Sauger, ähnlich wie Max. Gut so, dachte Josy. Dann wird sich Kim auch in Zukunft gut entwickeln. Sie konnte nicht glauben, dass sie Anna dazu gebracht hatte, ein komplett fremdes Kind zu stillen. Leider hatte sie selbst noch kein Kind und wusste nur aus zweiter Hand, wie es war, das Stillen. Die Mütter bekamen ein glückliches und entspanntes Gesicht – sobald der anfängliche Ansaugschmerz einmal überwunden war. Sie stillten gerne, genossen die Nähe zum Kind. Und Josy wusste, dass es die Mutter-Kind-Bindung sehr stärkte. Kurz beneidete sie Anna, die in der Lage war, Kim zu stillen. Es war ein wunderschönes Baby. Ein wunderschönes Baby, das sie schnell wieder loswerden musste. Gleich nach dem Besuch bei Anna würde sie sich bei der Polizei melden. Vielleicht gab es schon eine Vermisstenanzeige? Oder sie rief Matthias, ihren Freund, an und beriet sich mit ihm. Nach dem Essen musste Kim gewickelt werden. Wie bei den meisten Kindern hatte das Saugen den Stuhlreflex ausgelöst. Kim war ein Mädchen.

Kaum wieder an der frischen Luft, ein waches, aber zufriedenes Mädchen im Kinderwagen, rief Josy ihren Freund an. Er war besonnener als sie. Er würde eine Lösung finden. Auf das Freizeichen folgte ein Besetztzeichen. Matthias hatte sie weggedrückt. Kraftlos ließ Josy ihr Handy zurück in die Tasche gleiten. Sie wollte jetzt nur noch nach Hause. Ihre Beine fühlten sich schwer an und sie war erschöpft. Ihr Drang, anderen Menschen zu helfen, brachte sie immer wieder in solche Lagen. Vor einem Jahr war sie von einem Obdachlosen ausgenommen worden, dem sie ein Croissant geschenkt hatte. Er hatte sie dann noch um einen Kaffee gebeten, um eine Busfahrkarte und um eine kleine Shoppingtour, um Handschuhe für sich zu erstehen und neue Schuhe. Ein Kind hatte sie freilich noch nie entführt. Sie suchte nach einem Aufzug zurück zur U-Bahn. Eine Frau war im Fahrstuhl und hielt ihr die Tür auf. Anfang vierzig, dachte Josy. Dunkelbraune Augen. Kims Mutter? Die Frau beugte sich vor und sah in den Kinderwagen hinein. Josy hielt die Luft an. „Wie süß", sagte die Frau. „Wie alt?" „Circa drei Wochen." Der Wunsch, sich jemandem anzuvertrauen und ihre Geschichte zu erzählen, überkam Josy. Doch sie hielt sich zurück. Später, wenn sie Matthias erreichte, konnte sie sich alles von der Seele reden. Matthias war ein guter Zuhörer. „Junge oder Mädchen?", fragte die Frau. „Ein Mädchen. Kim." Die Frau nickte. Ihr gefiel der Name nicht. Ist ja nicht Ihre Entscheidung, dachte Josy. Dann fiel ihr auf, dass es auch nicht Josys Entscheidung war, wie das Kind hieß. „Ihnen und Ihrem Kind alles Gute!", sagte die Frau. Josy bedankte sich. Mein Kind.

Kim formte ihren Mund zu einem runden O. Dann entdeckten ihre fast schwarzen Augen etwas an der U-Bahndecke, was sie zu fixieren versuchten. Josy steckte ihre Hand zu Kim hinein. Sofort schlossen sich die kleinen Finger mit den noch kleineren Fingernägeln um Josys Zeigefinger. Es fühlte sich gut an. Das Kind hielt sie so fest, als wollte es sie niemals verlassen. Mit dem Daumen streichelte Josy die zarte Hand. Armes Ding. Ausgesetzt. Verloren in der Welt. Aber was soll ich mit dir anfangen? Behalten kann ich dich nicht. Sie dachte an Matthias. Noch nicht, vertröstete er sie immer wieder. Lass uns die Freiheit noch genießen. Außerdem sollten wir zuerst heiraten. Aber einen Antrag hatte er ihr nicht gemacht. Ab 35 galt man als Spätgebärende. Josy kannte die Komplikationen. Ja, es waren noch sieben Jahre hin, bis sie 35 war. Aber sie wollten ja auch drei Kinder. Egal, wie sie das Thema ansprach, Matthias blockte es immer ab. Freiheit! Wenn man früh Kinder bekam, hatte man die Freiheit auch umso früher zurück. Josy zog ihre Hand weg und setzte sich in einen leeren Vierer. Es tat gut, zu sitzen. Natürlich wurde sie davon verunsichert. Wollte sich Matthias nur im Allgemeinen noch nicht binden? Oder wollte er sich nicht an sie binden? Josy schloss die Augen. Die U-Bahn hielt. Ein Mann im Rollstuhl hatte Schwierigkeiten, in die U-Bahn zu kommen. Josy sprang auf und half ihm hinein. Als sie sich wieder setzte, dachte sie: Natürlich! Wie viele Leute sind hier? Acht. Davon fünf Männer. Und wer hilft dem Rollstuhlfahrer? Ich! Warum fiel es Josy so schwer, Leute ihrem eigenen Schicksal zu überlassen? Warum musste sie immer einspringen, sich nützlich machen, ungefragt ihre Hilfe anbieten? Zivilcourage konnte man das nennen. Oder Helfersyndrom. Ihre Mutter fiel ihr ein. Weinend, verletzlich, verlassen. Unfähig, sich um ihre Kinder zu kümmern, als Papa fortging. Schon damals hatte sie es als ihre Aufgabe empfunden, sich um ihren großen Bruder und ihre Mutter zu kümmern. Josy rieb sich an der Wange, die zu kribbeln begonnen hatte. Vielleicht sollte ich etwas dagegen unternehmen? Ist Hebamme vielleicht genau der falsche Job für mich? Die U-Bahn hielt, die Türen gingen auf. Eine Frau und ein Mann stiegen ein. Der Mann hatte ein Surfbrett dabei. Die Frau interessierte sich nicht für den Kinderwagen. Dass Männer Frauen verließen. Das kannte sie. Auf Männer war eigentlich kein Verlass. Frauen waren da anders. Verantwortungsbewusster. Sie bissen ihre Zähne zusammen und hielten durch. Hielten zusammen. Wo war ihr Bruder jetzt, wo ihre Mutter ihn brauchte? In Mexiko. Auslandssemester machen. Das hieß übersetzt: feiern. Die Arbeitszeiten von Hebammen hinderten Josy ebenso wie die Entfernung nach Hause daran, ihre Mutter zu unterstützen. Und warum war sie hier? Wegen Matthias. Weil er hier studieren wollte. Josy kämpfte täglich mit ihrem schlechten Gewissen, weil sie nicht für ihre Mutter da sein konnte. Aber umso unbegreiflicher, was heute geschehen war: Eine Mutter hatte ihr Kind ausgesetzt. Ihr kleines Mädchen. Das deren Zeigefinger ebenso umklammert haben musste, wie sie Josys festgehalten hatte. Ich bleibe bei dir, sagte das Kind. Ich will immer in deiner Nähe sein. Bleib du auch bei mir. Wir zwei, ein Team. Und Josy wäre eine gute Mutter. Sie sah zu Kim. Kim betrachtete ihre kleine Faust, die sich jetzt in eine Hand mit fünf Fingern verwandelte. Josy lächelte. Ja. Das ist dein guter alter Freund aus dem Bauch, was? Den kennst du schon, seit du Dinge wahrnehmen, sehen, annuckeln kannst.

Plötzlich verzog sich Kims kleines Gesicht. Es wurde rot und sie begann zu schluchzen. Josy war sofort auf den Beinen. Hunger konnte es nicht sein. Ein Bäuerchen hatte Kim bei Anna auch gemacht. Sie holte das kleine Würmchen aus dem Kinderwagen und nahm es auf ihren Arm. So winzig! Kim passte auf ihren Unterarm. Kims Schluchzer verebbten, pausierten. „Nana, sch Sch", säuselte Josy. Josy spürte die Blicke der anderen auf sich. Kurz sah sie hoch, um ihnen zu begegnen. Sie wurde von allen Seiten angelächelt. Die Leute sahen: Hier ist eine Mutter, die alles im Griff hat. Dann ertönte ein lauter Pups. Josy lachte. Die anderen Mitfahrer auch. Kim machte ein zufriedenes Gesicht. Josy musste noch mal lachen. So ein lustiges kleines Baby. Hatte alle Fahrgäste zum

Lachen gebracht. Josy war stolz. Sie könnte das Kind jetzt in den Kinderwagen zurücklegen. Oder noch auf ihren Armen behalten und an sich drücken. Sie setzte sich mit Kim zurück in den leeren Vierer. Eine alte Frau kam herüber. „Wie alt ist es denn?", fragte sie. „Drei Wochen", antwortete Josy. Die Frau betrachtete Josy von oben bis unten. „Oh, dann sind sie aber schon wieder richtig fit!" Josy wurde rot. „Das... das ist nicht mein Kind", stammelte sie. Was tue ich hier? Ihr Gesicht war heiß. Sie schluckte, stand auf und legte das Kind zurück in den Kinderwagen. „Ach so?", fragte die Frau, doch Josy wollte nicht darüber reden. An der Universität stieg die Alte aus. Josy hatte wieder Luft zum Atmen. Wenn sie doch die Mutter finden könnte! Die Polizei einzuschalten, war immer gleich so ein großer Aufwand. Daten wurden aufgenommen, Fragen gestellt. Wahrscheinlich würde man ihr unterstellen, das Kind absichtlich entführt zu haben. Das Gegenteil müsste man erst einmal beweisen! Die U-Bahn hielt. Odeonsplatz. Die Türen gingen auf. Jetzt einfach aussteigen! Kims Mutter hatte es so getan. Jetzt, sagte sie sich. Ist das Kind meine Angelegenheit? Ja, ich bin Hebamme. Aber was für eine? Ich lüge, ich zwinge junge Mütter, fremde Babys zu stillen, ich kann nicht klar denken, wenn ich nichts esse. Ich bin eine Gefahr für das Kind! Überlass es jemand anderem! Steig aus! Die Türen schlossen sich, ohne dass auch nur ein Muskel Josys stillen Befehl nachgekommen war. Warum fiel es Josy so viel schwerer, das Kind auszusetzen als der Mutter? Hatte sie Angst, erwischt zu werden? Wenn die Frau am Marienplatz die Mutterschaft leugnen konnte, würde es ihr doch erst recht gelingen. – Zumal ich nicht die Mutter bin!, dachte Josy. Nein, korrigierte sie ihre Antwort von vorhin. Ich bin nicht verantwortlich für das Kind. Wie ich auch nicht verantwortlich für den Obdachlosen war, und auch nicht für meine Mutter und Sven. Sie holte ihr halbes Brötchen aus der Tasche und aß es auf. Unvermittelt lachte sie. Wenn sie Kim hier stehen ließe, wer versicherte ihr, dass die nächste Person nicht genau dasselbe durchmachen würde wie Josy jetzt? Wie viele Runden war Kim schon mit fremden Menschen in der U-Bahn gefahren? Sie würde den Kinderwagen an einem öffentlichen Platz aussetzen. Ja, warum nicht am Marienplatz? Aber der war kameraüberwacht. Also am Sendlinger Tor.

Dort angekommen schob sie den Wagen unter das Tor. Die Sonne stand schräg am Himmel und strahlte in den Kinderwagen hinein. Gut so, dachte Josy, dann bekommt Kim ihr Vitamin D. Eine ältere Frau kam von hinten heran. „Ts ts ts! Sie machen Ihrem Kind ja die Augen kaputt!", schimpfte sie und ging kopfschüttelnd weiter. Josy griff den Kinderwagen und fuhr wieder hinab zur U-Bahn. Was für unfreundliche Menschen! Und wenn ich eine junge, verunsicherte Mutter gewesen wäre, hätte ich ihr geglaubt und wäre zu Hause in Tränen ausgebrochen. An der Poccistraße stieg sie aus. Hier wohnte sie. Sie stellte den Wagen vor der Haustür ab und schloss auf. Die Holztreppen des Altbaus bis in den vierten Stock hätte sie den Wagen ohnehin nicht hinauftragen können. Die Tür fiel hinter ihr ins Schloss und sie ging die Stufen hinauf. Eine nach der anderen. Schöne breite Holzstufen, von tausenden Menschen in den letzten 115 Jahren zu einem leichten Bogen abgetreten. Ein Jugendstilgeländer mit grünen Blätterranken und gelben Blümchen, der Handlauf glattpoliert und geschmeidig in der Hand. Im ersten Stock kehrte sie um. Und stieg wieder hinab. Als sie die Tür öffnete, stand der Kinderwagen immer noch dort. Josy warf einen Blick hinein. Kim war gerade am Einschlafen. Ein Engelslächeln huschte über ihre Lippen. Josy freute sich immer wieder an dem Reflex der Mundwinkel, der den erschöpften Eltern eine kleine Vorschau auf ein zufriedenes Kind ermöglichte. So würde das Kind in ein paar Wochen aussehen, wenn es vor Freude lächelt. Wunderschön.

Josy nahm den Kinderwagen und stapfte in Richtung Polizei. Jetzt hatte sie ihn schon gute drei Stunden. Wie sollte sie das erklären? Mit der Wahrheit. Sie werden mir schon glauben. Warum sollte ich ein Kind entführen und es dann zur Polizei bringen? Aber leider erinnerte sie sich spontan an zahlreiche Tatortfolgen, die von genau solchen Entführerinnen erzählten. Oder bildete sie es sich nur ein? War es tatsächlich nur ein einziger Film gewesen? Ein unglaubwürdiger? Sie rief noch einmal bei Matthias an und diesmal nahm er ab. Zu ihrem Verdruss lachte Matthias laut. „Das ist nicht lustig!"

„Ach, Josy!" Es klang als hielte er sie für strohdumm. Für ein hirnloses Schaf. „Was soll ich denn machen?"

„Geh zur Polizei!"

Josy schwieg. Sie schaukelte den Kinderwagen vor und zurück. „Oder", schlug Matthias vor, „du gibst Berni und Claas das Kind. Die wollen schon so lange eins und kriegen keins." „Das ist nicht lustig!", wiederholte Josy. „Sei doch mal bitte ernst! Ich habe hier ein echtes Baby!" Sie betrachtete Kim liebevoll. Endlich hörte Matthias auf zu lachen. „Wenn du nicht zur Polizei willst, was willst du dann machen? Wir brauchen kein Kind. Noch nicht, Schatz. Und kein Fremdes." „Ich weiß nicht... ich will die Hoffnung nicht aufgeben, die Mutter zu finden. Ohne, dass die

Polizei ins Spiel kommt. Glaub mir, das ist essentiell für ihre spätere Bindung." „Ok... Und welche Hinweise hast du von der Mutter?" „Nichts. Nur ein paar Einkaufszettel." Sie sicherte den Kinderwagen und wühlte danach. „Einer vom Rossmann: Stilleinlagen und Windeln. Und zwei vom Rewe." Matthias schwieg. „Da ist ja die Adresse! Beides am Partnachplatz!", rief Josy nun aufgeregt. „Nicht schlecht", sagte Matthias. „Auf zum Partnachplatz!" „Und dann?" „Frag doch jemanden, ob er das Kind erkennt. Oder den Kinderwagen." Josy wusste, dass sie das nicht tun würde. Vielleicht sah sie ja die Mutter wieder. Die mit der blauen Strickjacke. Dann hätte sie sie überführt. Oder? „Danke Matthias", sagte Josy und legte auf. „Ein letztes Mal U-Bahn-Fahren und dann bist du zu Hause, kleine Kim", murmelte Josy und kehrte wieder um.

Sie stand unschlüssig am Partnachplatz. Nichts geschah. Sie erkannte niemanden wieder. Niemand erkannte sie. Es wäre zu schön gewesen. Nach einer halben Stunde beschloss Josy, sich eine Flasche Wasser zu kaufen. Oder Wein. Oder Wodka.
Sie stand mit ihrer Wasserflasche an der Kasse. Kim schlief. Wann würde sie wieder Hunger bekommen? In einer halben Stunde? Jetzt? Josy hatte das Bedürfnis, jeglichen Blickkontakt zu vermeiden, zwang sich aber, allen in die Augen zu gucken. Ist das Ihr Kind? Die meisten schauten einfach weg, einige lächelten unverbindlich. Josy steckte das Wechselgeld in ihre Geldbörse, als eine Frau sie von hinten ansprach: „Das ist doch die kleine Lara, oder?"
Josy wurde heiß und kalt. Ihr Herz rutschte in ihren Schoß, ihr Mund wurde trocken. Dann zwang sie sich, sich umzudrehen. Zwang sich zu einem Lächeln. „Ja, genau. Kennen Sie sie?" Was würde die Frau sagen? Ja, das ist meine Tochter, Sie Schlampe? Aber die Frau lächelte freundlich. Sie hatte warme blaue Augen, eine Seltenheit, und über ihrer Schulter war ein Milchfleck auf dem grünen Pulli. Sie war eine junge Mutter. Laras Mutter? Warum war sie dann so nett?
„Nadja und ich waren im selben Geburtsvorbereitungskurs." „Ach so. Dann herzlichen Glückwunsch zum Nachwuchs", sagte Josy. Sie wartete, bis die Frau ihre Rechnung bezahlt und die Einkäufe in den Rucksack gesteckt hatte. Tausend Fragen schossen ihr durch den Kopf. Trägt Nadja eine dunkelblaue Strickjacke? War das Kind gewollt? Hat Nadja einen Partner? Hat sie schon sechs Kinder? Ist sie überfordert? Hat sie Depressionen? Ist sie drogensüchtig? In finanziellen Nöten? „Wo ist denn Ihr Kind?", fragte Josy. „Bei meiner Mutter. Justus ist schon sieben Wochen

alt. Er kam zu früh. Und Sie sind...?" „Ich bin die neue Babysitterin."
Die Frau kannte Laras Mutter. Wenn sie es wenigstens jetzt richtig an-
stellte, könnte der Tag noch ein gutes Ende nehmen. Josy fuhr fort: „Ja,
und das ist auch das Problem. Ich bin zum ersten Mal hier und habe mich
prompt verlaufen. Ziemlich peinlich, was?"
Die Frau sah so aus, als würde sie es in der Tat schwierig finden, sich in
dieser Gegend zu verlaufen.
„Wissen Sie vielleicht, wie ich am schnellsten zurückkomme?" Die Frau
machte ein betroffenes Gesicht. „Leider nicht. Ich war nie bei Nadja zu
Hause. Sie müssen wohl anrufen und ihr beichten, dass Sie sich verlaufen
haben." Mittlerweile hatten sie den Rewe verlassen und standen wieder
am Partnachplatz. „Und da geht es schon weiter: Ich habe nämlich auch
mein Handy vergessen." Ok, jetzt wird es unglaubwürdig, dachte Josy.
Das musste Nadjas Freundin auch merken. Doch deren Gesicht hellte
sich auf.
„Das kenne ich!", rief sie fast freudig aus. „Haben Sie vielleicht die Adresse?", wagte Josy den Vorstoß. „Leider nicht. Viel Erfolg!" Josy konnte
es nicht glauben. Sie war so nah dran gewesen! Nadjas Freundin nickte
ihr zu und ging davon. Was nun? Josy öffnete die Flasche und nahm einen
Schluck, als sie sah, dass Nadjas Freundin wieder zurückkam. „Doch!",
sagte sie. „Ich habe noch die alte Teilnehmerliste in meinem Rucksack!"
Sie kramte danach. „Hier steht's: Nadja Breuer, Rattenberger Straße 29,
81373 München." Josy atmete erleichtert auf. „Danke, danke, danke",
sagte sie, fast tonlos. Gleich war Kim wieder zu Hause. Lara, verbesserte sie sich. „Danke!", rief sie dem Engel hinterher und verschwand
im U-Bahn-Eingang. Mit der Landkarte und dem Straßenverzeichnis im
Infokasten war die Straße schnell gefunden.

Jetzt, wo das Ziel so nah war, wollte sie gerne alles über die Familie
wissen. Es juckte sie fast in den Fingern, so gerne würde sie nachher,
wenn sie das Haus erreicht hätte, an der Tür klingeln und sehen, ob sie
Lara in gute Hände gab. Vielleicht war Nadja Alkoholikerin? Vielleicht
würde sie Kim, nein, Lara schütteln? Es war doch so: Ein Kind konnte
nirgendwo besser aufgehoben sein als bei einer Hebamme. Josy hielt an
und streichelte die rosige Wange des schlafenden Mädchens. Sie atmete
tief ein und aus, bevor sie den Kinderwagen weiterschob. Die Rattenber-
gerstraße 29 war Teil eines größeren Gebäudekomplexes, deren Haus-
türen alle in den Innenhof hinausgingen. Josy bog in den Innenhof ein.
Hausnummer 35. Sie zählte die Häuser ab. Es musste das letzte Haus

in der Reihe sein. Auf der kleinen Steinstufe vor der Tür saß ein Mann. Er hatte den Kopf in die Hände gestützt. Seine Schultern waren rund und schwer, er sah aus wie ein großer Haufen Elend. Neben ihm lag seine Titanic. Ups! Josy biss sich auf die Lippen. Wie lange hatte sie Lara nun schon in ihrer Gewalt? Etwa vier Stunden. Wie lange saß der Vater schon hier? Hatte er die Polizei informiert? Hatte er es seiner Frau schon gebeichtet? Oder wagte er sich ohne Lara nicht ins Haus? Hatte er sein Handy auf lautlos geschaltet, bis er die Kraft fand, seiner Frau zu sagen, dass er sich das Kind aus der U-Bahn hatte entführen lassen? Hatte er eine Personenbeschreibung abgegeben? Wurde nach Josy gefahndet? Sie kam immer näher. Die Gummiräder des jeansblauen Joolz machten keine Geräusche auf dem Boden. Aber ihre Schuhe schon. Dennoch sah der Mann nicht auf. Sie fuhr den Kinderwagen bis auf drei Meter an ihn heran. „Entschuldigung", sagte sie. „Es tut mir leid." Noch nie hatte sie den Satz gesagt und so aus vollem Herzen gemeint wie jetzt. Der Mann sah auf. Sein Gesicht war rot und verschwollen. Seine Augen weiteten sich, als er den Wagen sah. Er sprang auf.

„Lara!" Dann sah er Josy an. „Sie!", stieß er hervor wie ein wildgewordenes Tier, bereit zum Angriff. Er würde sie angreifen, dachte Josy, mit allem Recht. Sie drehte sich auf dem Absatz um und ging davon. Sie hörte seine Schritte, die ihr folgten. Dann rannte sie. Rannte aus Leibeskräften. Rannte um ihr Leben. Ihr Leben als solches und das als Hebamme. Rannte zum Partnachplatz, vorbei an der U-Bahn und sprang in einen Bus, der gerade zufällig zum Halten gekommen war. Ihre Lunge brannte. Ihre Seiten stachen. Ihr Hals pochte. Ihre Beine schmerzten. Der Bus fuhr an.

Annika Kemmeter, vorgestellt von Eric Rahn

Annika, geboren 1985 in Mainz, ist Doktorandin der Komparatistik und Psychologie, doch vor allem: Autorin. Schon während ihrer Auslandssemester an der Pariser Sorbonne und in Fukuoka, Japan, begann sie an Manuskripten für Kinderbücher zu schreiben. Ihre Kurzgeschichte war 2008 unter den besten zehn des Literaturwettbewerbs des Herbert Utz Verlages, zudem erhielt sie den Sonderpreis des Studentenwerks. Derzeit arbeitet sie daran, sich als Autorin selbstständig zu machen und man kann nur gespannt auf ihr erstes Buch sein, das demnächst erscheint.

Kleine Katze

Eric Rahn

Alles steht bereit, endlich ist es soweit. Ich habe meine Zauberkraft ge-
sammelt, das Fenster ist offen. Klimm, klimm, Simsalabim - hex' hex'
im Keller meines Vaters wartet die Flex! Meine Pupillen schrauben sich
auf und ich sehe alles, bin ein Allesseher. Nur wenige haben diese Gabe,
so viel steht fest. Ich halte die magolorischen Gläser an mein Auge,
blinzle dreimal mit den Lidern und schwuppdiwupp bin ich nicht mehr
hier, in diesem öden, langweiligen, viel zu in- und auswendig gekann-
ten Zimmer, sondern bin dort drüben. Beim Haus schräg gegenüber auf
dem dunklen Balkon, der nur ganz knapp über der Erde hält. Ich bin bei
ihm. Und ich bin auf der schönen, alten Mauer direkt gegenüber... bei
ihr! Er ist so verflixt traurig und ich komme einfach nicht darauf, was
ihm fehlt. Ich bin so nah bei ihm, verdammich, sogar sein Stirnrunzeln
mit den, ich sag mal hunderttausend Falten, kann ich erkennen – meine
magolorischen Gläser tun also ihren Dienst, wie sollten sie auch nicht,
schließlich habe ich sie verzaubert. Aber weiter vordrängen, hinter die
Kulisse, will mir nicht gelingen. Wie 'ne dämliche Fliege flattere ich vor
seinen Fensteraugen und komme einfach nicht hinein. Egal, kein Zweck,
hoffnungslos, ich schwenke rüber zu ihr! Sie ist so schön, ich will sie
berühren, aber sie ist mindestens fünftausend Kilometer entfernt, würd
ich mal meinen. Anmutig liegt sie da, in ihrem pechschwarzen Kleid,
mitten auf der Mauer ihm gegenüber und lässt ihre scharfen Augen durch
das Mondlicht zu ihm rüber blitzen. Doch schaut sie ihn nie lange an, der
Kontakt bricht und sie schleckt sich ihre Tatze, als wenn es keine besonderen Momente geben würde.
Eeeeeeemil. Emil! Komm runter, Essen ist fertig!
Verdammich, ich hasse es, wenn sie meinen Namen so unnötig in die
Länge zieht. Warum tut sie das? Ich kann sehr gut hören. Wenn sie wüsste
wie gut, tja nunja, das wäre ein Spaß. Aber pssst, meinen magolorischen
Fernhörer heb ich mir für später auf. Ich muss also meine geliebte Szene-
rie verlassen. Das schmerzt sehr, denn allzu oft erwische ich die beiden
nicht. Termine über Termine, Hausaufgaben, Schuheputzen, Zimmerauf-
räumen, die neueste Version von Gravity Defied aufm Handy zocken,
Papas Handy klauen, damit... naja... man kennt das, und so weiter und so
fort. Auf Wiedersehen meine zwei Helden, lauft nicht weg. Bleibe brav,
trauriger, faltiger Mann und Du meine Schöne, nimm Dir kein Beispiel

an Deinem Nachbarn, werd' bitte nicht faltig, ich weiß nicht ob meine Zauberkraft für eine derartige Korrektur ausreichen würde. Verdammich Emil, wird's bald?! – mein Vater ruft.

Vier Tage, oh mein Gott, vier verfluchte Tage in Folge werd' ich nun schon an meinen verfluchten Schreibtisch gesperrt. Ich kann ihn nicht mehr sehen und hänge mich verzweifelt an den durchaus nicht unkreativen Schnitzereien auf, nur um nicht zum Handy oder zum Fenster schauen zu müssen. Was soll das alles nur, all das Papier? Timon, zwei Klassen über mir, hat gesagt, man lebt nur einmal, sie werden einen schon nicht umbringen, die Alten, also warum nicht einmal gegen die Regeln spielen, ein bisschen „zocken" sozusagen. Aber nicht das Handy! Ich bringe mich also in Trance, Simsalabim und so weiter, und prompt klemme ich hinter meinen magolorisierten Gläsern. Ah, da sind sie, die zweihunderttausend Falten. Doch sie, sie ist noch nicht da. Er steckt sich erstmal seine Pfeife an und verschwindet einen Moment in blauem Dunst. Nur seine trüben Augen sehe ich durch den dichten Qualm hervor blitzen. Heute ist er anders, ich fahre meine Sensoren aus, etwas ist da, was ihn umtreibt. Er bewegt doch seine Lippen oder? Jup, mit Sicherheit, er bewegt sie, und ich lese, denn ich weiß, wie man Lippen zu lesen hat, tjaja meine Zauberkräfte sind groß und sie sind mächtig. Und ich lese, lese, was er murmelt, was er denkt. Er will sie sehen, ebenso wie ich, sie fehlt ihm und er sehnt sich nach ihr. Warum ist sie nicht da? Flüchtig huschen seine Augen in alle dunklen Winkel, die das Gegenüber seines Balkons anzudeuten vermag. Nirgendwo das Funkeln ihrer grünblauen Augen. Die grünblauen Augen, die so blass sind, so voll Wasser. Sie erinnern ihn an seine Heimat, an das Meer, das er vor Ewigkeiten verlassen musste. Er war alt geworden, aber das Meer, es tobte immer noch in ihm, unruhig und von Untiefen durchzogen. Diese Augen, sie waren das Meer.

So fing es damals an. Mich hatte seit dem Sommer eine seltsame Tristesse heimgesucht, die gänzlich neu war. So sehr ich auch mein Köpfchen anstrengte, ich konnte sie mir einfach nicht erklären. Umso wichtiger war es für mein gebrochenes Ich herauszufinden, was in dem armen, traurigen Mann vor sich ging. Konnte ich auf Gedeih und Verderb nie Antworten in mir für mich finden, so sprudelte mein Kopf über von zauberhaften Geschichten und Gedanken von anderen Seelen.
Meine Mutter schrie. Was? Was verdammtnochmal ist Mama? Es ist eine Todsünde einen Magier während seines Rituals zu stören. Aber meine Mutter besaß diese Dreistigkeit, ich möchte fast so weit gehen

und behaupten, dass sie nicht einmal realisierte, welch schändlichen Verbrechens sie sich schuldig machte. Sie blickte mich resigniert und, jup, tadelnd an und meinte in gehässiger Schlichtheit: Wenn dein Bett nicht gemacht ist, gibt's keinen Nachtisch. In einer halben Stunde ist Essen. Dann verschwand sie noch bevor ich Gelegenheit fand, mich eines Spruches der dunkleren Magie zu bedienen, um sie damit zu verfluchen. Doch dunkel genug die Vorstellung auf Nachtisch verzichten zu müssen – wie grausam die zwei sein konnten. Ich riss mich mühsam los. Emil, verdammich, wird's bald?! – mein Vater.

In den nächsten Tagen versuchte ich so oft es ging Katze und Mann unter die Lupe zu nehmen. Es wurmte mich zusehends, dass ich mir keinen Reim machen konnte, warum der alte Mann von nebenan so traurig war. Doch die Lösung des Rätsels war kein leichtes Unterfangen. Meine Mutter wachte ständig über meinen Fleiß und Spielzeit war portioniert in meiner Familie. Nach dem Mittagessen musste mit den Hausaufgaben begonnen werden, und erst wenn diese erledigt waren, gönnte man mir eine Stunde zu freien Verfügung. Brauchte ich allerdings zu lange fürs Schulzeug, so ging es direkt zum Klavierunterricht oder zur Nachhilfe. Selber Schuld, hieß es dann, hättest du in der Schule besser aufgepasst, so gingen dir die Aufgaben leichter von der Hand und es wäre mehr Zeit für dich zum Rumspinnen. Meine Eltern waren beide nicht auf einer höheren Schule gewesen, geschweige denn an der Universität. Dennoch hatten sie es zu bescheidenem Wohlstand gebracht. Aber nur durch Fleiß und Disziplin, wie sie nicht aufhören konnten mir einzubläuen. Vattern hatte seine eigene Firma gegründet und wurde nicht müde auf die Widerstände hinzuweisen, die sich ihm in den Weg gestellt hatten. Armes Elternhaus, mein Opa hatte immer zu viel Feuerwasser getrunken und Oma musste ständig ins Krankenhaus und sich den Magen auspumpen lassen, weil sie zu viele weiße Smileys schluckte. Anscheinend hab ich's sehr einfach. Jedenfalls sagte man mir das wieder und wieder. Ich verstand jedes ihrer Worte, aber es war mir vollkommen schnuppe. Sobald ich in meinem Zimmer war, musste ich meine Gläser aus dem Versteck hervorwühlen, mein Ritual vollziehen und mich sodann an die Lösung des mir aufgegebenen Rätsels machen. Wer sollte sich schließlich sonst um das Geheimnis des Mannes und der Katze kümmern - wer, wenn nicht ich? Ich hatte die Gaben, ich hatte die Macht.

Der alte Mann stützte seinen Kopf gegen die Wand, so dass er aussah wie ein Rohr, das im Knick ein Leck hatte, aus dem es nur so hervordampfte. Er war nämlich wieder am Paffen. Die Pfeife schien neben der

Wand das Einzige zu sein, das ihm noch Halt gab. Ich schraubte an meinen Gläsern herum, um sein Gesicht schärfer betrachten zu können. Er schien nicht sonderlich Lust am Leben zu haben, und ich dachte daran, ob etwas Gravity Defied ihn aufmuntern oder zumindest für eine Weile von seiner Trostlosigkeit erlösen könnte. Tatsächlich war ich schon im Begriff zu ihm zu gehen, da fiel mir ein, was meine Großmutter mir immer wieder gesagt hatte. Also nicht die mit dem Magenproblem, sondern die andere. Sie war vor fünf Jahren gestorben und das Einzige, an das ich mich erinnerte, war der eine Satz, den sie mir gleich einer Elixierformel immer wieder zugeflüstert hatte: Emil, mein guter Junge, merk dir das eine. Probleme werden kommen und bleiben. Man kann sie für ein Weilchen vergessen und beiseite schieben, doch will man sie loswerden, so muss man zu ihrem Grund vordringen! Und da ich meine Großmutter sehr lieb hatte, begab ich mich nun auf die Suche. Ich ging sozusagen auf Tauchstation, zum Grund der Trauer meines lieben, armen Nachbarn, der aussah als würde er dieser Welt am liebsten entfliehen und für immer davon fliegen.

Ich musste nun mein Ritual vorbereiten. Gedankenleserei ist keine einfache Sache, sie erfordert viele Formeln und Zaubersprüche und all meine Vorstellungskraft. Ich setzte mich also in meinen Kreis aus Actionhelden und Plüschtieren, wurde allmählich stark wie Superman, konnte fliegen wie mein Adler und war weise wie der weiße Zauberer, dann plötzlich schwebte mein Geist über mir. Ich war für einen Moment ganz aus dem Häuschen und fing an Saltos über meinem Kopf zu schlagen, dann aber besann ich mich meiner Aufgabe und segelte schnurstracks rüber durch die schwarze Nacht und zur Mauer. Die Katze war noch nicht da, doch ihr Plätzchen erschien mir ganz ausgezeichnet. Auf dieser Mauer war man vollkommen im Dunkeln, geschützt durch die Bäume, die die Lichter der Stadt fernhielten von diesem wunderbaren Ausguck. Ringsherum leuchtete es verschmitzt, mal hier mal dort, da ein bisschen Schatten, woanders trügerisches Licht. Mit einem Superjump landete ich lässig auf dem Balkon des Mannes und hüpfte sodann in seinen nachdenklichen Kopf hinein. Und, verdammich, dort sah es in der Tat heftig aus. Ein reines Schlachtfeld, wo ein Gedanke den anderen verfolgte, stellte und zerfleischte. Aber was war es nur, das ihn in solchen Aufruhr versetzte? Auch wenn ich noch nicht so viel von dem mitbekommen hatte, was man für gewöhnlich die Welt der Erwachsenen nennt und man mir immer wieder versicherte, ich sei ein frühpubertärer Kindskopf (mystischer Erwachsenen-Ausdruck für ein unzurechnungsfähiges Wesen), so wusste ich doch eines genau: Wenn große Männer Probleme haben, so dreht es sich gewiss und immer und irgendwo um eine Frau. Ich selbst hatte das Jahr zuvor eine Ahnung davon bekommen. Damals kam ein Mädchen von weit her in unsere Klasse – sie hieß Paula oder wie sie eigentlich genannt werden wollte: einfach nur P. Paula, „P", Schablonsky, war irgendwie älter als die anderen Mädels bei uns. Das gefiel mir. Denn auch ich fühlte mich älter als diese Idioten, die mit mir die Schulbank drückten, und so war, ich möchte mal sagen, prompt ein Gefühl da, das mich sie mögen ließ. Das wurde jedoch unbequemer Weise immer stärker und immer schlimmer und dann während der Klausuren mochte ich sie so sehr, dass ich ihr dauernd helfen wollte und vor lauter Selbstlosigkeit meine eigene Arbeit ganz vergaß. Beinahe wäre das arg teuer geworden. An der Ehrenrunde schrammte ich knapp vorbei und so kam ich mit unvergnüglichen, also nachhilfelastigen Sommerferien davon. Von Paula habe ich nie wieder etwas gesehen. Als Anfang Herbst die Schule begann, blieb ihr Platz leer. Erst später erfuhr ich, dass ihre Klausur die beste gewesen war.

Unter Berücksichtigung dieser meiner eigenen Erfahrungen besah ich mir nun also die Chaosgedanken des Mannes genauer. Ich forschte eine Weile und es dauerte tatsächlich nicht lange, bis ich auf eine Frau stieß. Sie war nur etwas kleiner als der Mann und hatte langes schwarzes Haar, das ihr gerne im Gesicht herumflatterte. Man konnte da ihre leicht segelnden, aber auf eine süße Weise, kleinen Ohren sehen, die ihr, zusammen mit den grünblauen Augen, ein etwas elfisches, auf jeden Fall fabelhaftes Aussehen verliehen.

So weit, so gut, sie war also hübsch, ebenso wie P; es müssen also hübsche Frauen sein, die Kopf und Herz verdrehen. Ich forschte weiter und entdeckte, wie der Mann und sie sich das erste Mal getroffen hatten, und auch das erschien mir verdächtig. Sie war als neue Lehrkraft an seine Schule gekommen und nach dem ersten Arbeitstag traf sich die Lehrerschaft, na zumindest der Großteil davon, zum Essen im Pub. Sie saß dem Mann gegenüber und nach einer Weile fragte sie ihren Nachbarn (trotteliger Kerl, den ich fortan Herrn Trottel nennen werde), ob er erraten könne, was sie in ihrem Ärmel habe. Er blickte sie stumpf an und meinte in gescheitert cooler Weise: Ihren Arm! Den haben Sie in ihrem Ärmel, hehe. Nein, nein, antwortete sie geduldig, es ist mindestens zwanzig Mal so lang. Nie und nimmer, versteifte sich Herr Trottel, der übrigens Physiklehrer war (dieser Schlag Mensch hat bekannter Weise eine besonders eigenartige Anschauung der Welt), absolut unmöglich! Sie lächelte schelmisch und der Mann fand, dass eine gut versteckte Portion Verachtung ihre Mundwinkel emporzog. Dann ließ sie ein sicher fünfzigtausend Meter langes, buntgemustertes Stofftuch nach und nach aus ihrem Ärmel gleiten. Bereits bei der dreifachen Armeslänge hatte man Angst, Herrn Trottels Augen würden auf dem biernassen Tisch das Weite suchen. Wo haben Sie denn das versteckt? Bestimmt war es um Ihren Körper gewickelt... obwohl sich an Ihrer wunderbaren Schlankheit nichts geändert zu haben scheint (vielleicht sollte ich ihn doch eher in Herrn Plump umbenennen). Jedenfalls konnte er mit Magie nicht viel anfangen, schlimmer noch, er verleugnete sie. Dabei war es so einfach. Nur Nichtgläubige geben sich der Illusion hin, dass ein Trick vorhanden sei. Der wahre Kenner der Magie weiß hingegen, dass der einzige Trick ist, nicht an Tricks zu glauben. Es war ein gerademal Millimeter langer Fussel, den sie mit einem Streckungszauber verlängert hatte.

Ich fand noch einen Haufen solcher und ähnlicher Szenen in den Erinnerungen des Mannes, doch musste ich noch einmal zu jenem Abend zurückkehren. Etwas geschah mit ihm in jenem Pub, in jener Nacht. In dieser miesen Spelunke, schlecht ausgeleuchtet und verdreckt. Da waren ihre Augen, grünblau und so voll Wasser, und stachen mitten in sein Herz.

Emil! Mein Vater betrat just zu diesem kritischen Moment meiner Untersuchungen das Zimmer. Klopfen hatten meine Eltern mir immer brav beigebracht, aber selber nie gelernt.

Emil, was treibst du da schon wieder? Wirst du nicht langsam zu alt für dieses olle Fernglas? Die Nachbarn beobachtest du doch schon seit Jahren, ham' eh nichts zu bieten die Gschaftler!

Ich schielte über die Schulter zu ihm, aber was soll man darauf erwidern? Mir war langweilig...

Soso, meinem Sohnemann is' langweilig. Warum macht er dann Unfug, anstatt zu pauken, um die Dreiminus vom letzten Mal auszubügeln?!

Hab' ich schon. Kann mehr als Du!

Werd' ja nich' frech Kleiner, sonst kannste dir die Übernachtung bei André abschminken! Und nach einem nichtssagenden Blickduell: Komm mal lieber mit runter. Essen is' aufm Tisch!

Bin gleich da!

Ich sperrte mein Zimmer ab und wühlte nach einem Schokoriegel aus meinem Geheimvorrat. Es war zwar nur ein halber, aber was machte das schon. Wenn mir Hunger die Alten vom Hals halten kann, gut so. Das folgende Procedere kann man sich sicher leicht ausmalen. Eeemil... Verdammich... Drohungen... Bitten... Flüche... Verwünschungen (vornehmlich väterlicherseits)... das Ende vom Lied, natürlich, Verbot meines Wochenend-Fluchtversuches. Sei´s drum: Wenn der Fuchs alle Ausgänge versperrt, hat das Kaninchen mal Zeit für seine Träume.

Und ich träumte: von den eineinhalb Jahren, die seit dem Lehrertreffen in der Spelunke vergangen waren. Von den verstohlenen Blicken träumte ich, die häufiger und häufiger von meinem armen Mann zur Frau wanderten, jedoch nicht häufig erwidert wurden. Aufmerksamkeiten, die mit versteckter Hoffnung gemacht wurden. Die Türen in dieser Schule öffneten sich für die Frau wie von Geisterhand und sie lächelte nett und sie wisperte ein Dankeschön, wenn sie hindurchtrat oder wenn ein Stift ihre hilflos fragende Hand fand. Und bei all dem und mehr achtete der arme Mann stets darauf, dass er nie aufdringlich erschien. Er war verzweifelt darum bemüht, es ganz beiläufig aussehen zu lassen. Er traf das Verhältnis aus Zuwendung und Zurückhaltung wesentlich besser als ich damals bei P. Ein ganz und gar ausgezeichneter Gentleman, wie meine Oma gesagt hätte. Und doch schien der Erfolg auszubleiben. Sie kamen nie über vier Sätze hinaus.

Einmal war sie ganz zerfahren und ausgebrannt in das Lehrerzimmer getaumelt. Ihre Augenringe hatten ihr Gesicht bedrohlich tief zerfurcht und ihr Kopf war gesenkt. Der Mann konnte nicht anders, als sie zu fragen, ob alles in Ordnung sei. Scheu hob sie ihren Blick und er konnte sehen, wie das Wasser über die Ufer getreten war und salzige Rinnsale auf ihren Sommersprossenwangen hinterlassen hatte. Nein, alles ist gut, presste sie aus scheuen Lippen hervor. Hätten Sie Lust, wollte er fragen, Lust nach der Arbeit etwas trinken zu gehen, Sie sehen aus, als könnten sie mal rauskommen und ehrlich gesagt, würde es mir auch sehr gut tun. Der Satz war schweißtreibend präzise vorformuliert, doch er erstickte in der Angst, dass es doch zu viel gewagt sei.

So und ähnlich musste beinahe ein Jahr vorübergegangen sein. Die beiden hatten sich kennengelernt, jedoch vornehmlich aus den Gesprächen, die sie mit anderen Kollegen führten oder durch die Art und Weise, wie sie ihren Kaffee einzuschenken pflegten. Er schwarz, sie mit Milch, aber ohne Zucker. Der Mann beobachtete ihre Art zu gehen, die Bewegungen ihrer Hand beim Schreiben und je mehr er diese Kleinigkeiten wahrnahm, desto größer wurde die Sehnsucht danach, länger als nur flüchtig in ihre Augen schauen zu dürfen. Das musste ihm in etwa zu der Zeit klargeworden sein, als die Katze zum ersten Mal auf der Mauer gegenüber auftauchte. Ihr Fell war so schwarz und oben auf dem Kopf hatte sie einen weißen Kleks. Ihre Bewegungen waren so anmutig, und er hätte sie so gerne näher betrachtet. Und doch war da immer diese Lücke zwischen ihnen, dieser scheinbar unüberwindliche Graben zwischen Balkon und Mauer, ihr und ihm. Es gab da ein Tor, das Balkon und Mauer verband, doch nie setzte die Katze mehr als drei Füße darauf. Dann überwand er sich zum ersten Mal, die Frau einzuladen. Sie sagte sofort ja, und sie trafen sich am Wochenende in einer wunderbar alten Bar.

Einen ganzen Riesenhaufen Freude entdeckte ich im Herzen des Mannes bei diesem kleinsten aller deutschen Wörter: Ja. Und ohje, wie schnell war diese Freude nach dem Treffen verschwunden. Man macht sich ja allerhand Vorstellung vor so einem ersten Treffen. Ich kannte das von den Verabredungen mit P. zu den Mittagspausen. Ich sollte ihr den Pythagoras erklären oder den Subjonktif. Sie war nach diesen Pausen immer sehr zufrieden, ich immer sehr enttäuscht. Es war also nicht viel passiert und all die wunderbaren Phantasien, die den Mann in der vorigen Nacht heimgesucht hatten, verpufften in einer Flasche Wein und zwei Espresso. Als er spät nach Hause kehrte, war sein Verstand überglücklich, dass sie sich so gut unterhalten hatten, doch sein Herz weinte, weil alles belanglos gewesen war. Er stand am Balkon, rauchte und wusste nicht, was er von der Welt halten sollte. Irgendwann bemerkte er die Katze. Im Schatten der Bäume war sie kaum zu erkennen gewesen. Er versuchte, sie zu sich her zu locken und sie schaute auch interessiert herüber, kam dann aber doch nicht.

Emil, wir müssen reden. Pause. Du bist so ein kluger Junge. Jaja, die pädagogische Schiene. Aber andauernd träumst du vor dich hin. Beim Schuhe binden, bei den Hausaufgaben. Beim Essen. Wo bist du nur ständig mit deinen Gedanken?

Was soll man nun darauf wieder antworten. Ich zuckte mit den Achseln.

Emil, das kann so nicht gehen. Mein Vater brachte sich ins Gespräch. Man kann nicht dauernd wegdriften mit seinen Gedanken. Für Träumerei ist die Nacht gedacht. Tags müssen wir unseren Verstand benutzen und konzentriert sein. Nur so können wir viel schaffen. Hilfe, er philosophiert.

Was wir sagen wollen, Kind, ist, dass wir uns große Sorgen machen. Du könntest Schulbester sein, wenn du dich konzentrierst. Aber ständig bist du woanders. An was liegt das denn? Plagt dich etwas? Können wir irgendetwas tun?

Ich zuckte erneut die Achseln.

Also ich würde vorschlagen, wir erhöhen die Nachhilfe. Wenn jemand da ist, der dir auf die Finger schaut, geht es ja. Zum Glück haben deine Eltern gute Arbeit, dass sie es sich leisten können, aber letzten Endes muss die Bereitschaft von dir kommen.

Aha.

Komm schon Emil, sprich doch mit uns. Wenn wir, wir als Familie, reden, können wir doch alle Probleme lösen! Pause. Und alles schaffen! Betonung auf alles mit akustisch siebentausend scharfen Ausrufezeichen.

Ja, ist cool! Ich stapfte hoch in mein Zimmer, doch hörte noch von meinen Schritten durchbrochen, dass man sich nicht sicher wäre, ob man zu diesem Jungen wirklich durchgedrungen sei. Da hilft nur eins: Frustbewältigung mit Gravity Defied.

Auf dem Display ließ ich meinen Strichmännchen-Downhiller absurde Stunts aufführen, doch jedesmal, wenn er fünfhundertzwanzig Saltos später Richtung Strichboden flog, zerschellte er als roter Fleck. Ich hatte eigentlich nie das Gefühl, das irgendwas mit mir nicht in Ordnung sei. Ich hatte auch nicht das Gefühl, dass ich irgendetwas nicht hinbekommen würde. Nur eines drängte mich nach wie vor. Der Mann musste nach diesem ersten Treffen fraglos enttäuscht sein, doch so zerschüttert, wie ich ihn derzeit beobachtete, dafür war meine Beweislage noch nicht gründlich genug. Warum fand ich ihn so bemitleidenswert, so einsam und arm? Unwillkürlich zog es mich zum Fenster. Er war nicht auf dem Balkon. Das erforderte eine intensivere Beschwörung, eine die Wände durchdringen konnte. Zeter, zeter, schwarzer Miesepeter. Zeig mir was geschah, liebe Röntgen-Kamera! Und schon tauchte ich ein in die Nachbarswohnung und das Mysterium der verbitterten Gesichtszüge ihres Bewohners. Ich sah, wie er gekocht hatte, für sie und Herrn Trottel. Irgendwie musste sie diesen komischen Kerl amüsant finden. Man wusste jedoch nie genau, ob sie wegen seiner Witze lachte oder quasi über ihn. Der Mann und ich nahmen letzteres an. Ich sah, wie er mit ihr spazieren ging am Ufer des Flusses, der sich von Süden nach Norden durch die Stadt zieht. Ich war glücklich, als ich merkte, dass die beiden sich wunderbar über die Zauberei austauschen konnten. Sie war eine wahrhaft begnadete Magierin und liebte es, den Mann mit immer neuen Tricks zu überraschen. Ihm gefiel, wieviel Spaß sie daran hatte, und er ließ sie nicht wissen, dass er die meisten davon selbst beherrschte.

Eines Sommerabends lud er sie zum Tanzen ein. Es hatte bereits zu dämmern begonnen und die Laternen verströmten ihr goldenes Licht. Er führte sie zur Kaimauer, die etwas in den Fluss hineinragte. Leute hatten hier Lichter aufgestellt und aus einem veralteten Musikgerät klangen wunderbare Tangotöne. Es wurde Wein getrunken und ich sah, wie die Menschen sich wunderbar liebevoll in den Armen lagen und umeinander drehten. Sie sahen alle so glücklich aus, so als wären sie nicht ganz in dieser Welt; scheußliche Welt, in der es Eltern gab und Schule und gemeine Mädchen, die einfach so verschwinden. Doch diese Leute hier waren im Bann ihres ganz eigenen Wunderlandes. Sie alle waren Magier der allerhöchsten Stufe. Und mittendrin sah ich die beiden schweben. Ich beschloss, näher heran zu zoomen und siehe da, sie verloren sich ganz im Gesicht des anderen. Kein Blick auf die Füße. Die schwierigen Schritte spielend leicht aussehen lassend. Kein Blick auf die Leute, die sie aus irgendeinem Grund nie anstießen. Er verlor sich im grünen Meerblau ihrer Augen und es schien ihm, als würde der allerschlimmste Abgrund lauern, sobald sich ihre Blicke losließen. Und obwohl es kaum hätte perfekter sein können, kam die kleine schwarze Katze nicht zu ihm herüber.

Ich hielt inne und stoppte die Rumwühlerei in des Mannes Kopfe für ein Weilchen. Immer wieder hatte ich Enttäuschungen zu Tage gefördert und jede dieser Entdeckungen erklärte mir ein wenig mehr, warum der Mann so armselig dreinschaute, wenn er des Nachts einsam auf seinem Balkon stand und in die Leere hinausschaute. Ich war der Fährte seiner Trauer bis hierhin nachgeschlichen. Nun stand ich an seinem inneren Abgrund.

Ich will nicht, dass der Abend schon vorbei ist, hatte der Mann gesagt, es wäre so schön, wenn wir noch weiter beisammen sein könnten. Es hatte ihn einige Überwindung gekostet, wie man leicht an seiner stotternden Stimme feststellen konnte. Mir ist kalt, erwiderte sie. Wie wär's mit 'nem Tee bei mir, versuchte der Mann vorzuschlagen. Ich würd' so gerne, aber wie gesagt, da wartet dieser fiese Haufen Korrekturen auf mich. Pause. Aber ein anderes Mal ganz bestimmt. Der Mann schluckte mit krampfhaftem Gesicht den Kloß im Hals hinunter. Pause. Beide betrachteten mit peinlichem Interesse den Boden. Dann hob sie den Kopf; seiner schnellte sofort hinterher. Es war ein wunderbarer Abend, ich habe mich lange nicht so wohl an der Seite eines Mannes gefühlt, sagte sie, hauchte ihm dann einen Kuss auf die Wange und winkte noch einmal zum Abschied, bevor sie im Dunkel der Unterführung verschwand. Der Mann stand wahrscheinlich noch zehn Minuten regungslos am selben Fleck als hätte dieser Ort einen ganz heiligen und ganz abscheulichen Bann. Dann schüttelte er sich und fuhr nach Hause.

Seit diesem Vorfall waren die Erinnerungen des Mannes verschlossener. Es kostete mich allerhand Mühe und Zauberkraft und viel Zeit, die Barrikaden weg zu sprengen und zu den entscheidenden Kernen vorzudringen. Deshalb war ich noch verträumter als sonst. In der Schule konnte ich meinen Kopf kaum oben halten, morgens aus dem Bett zu steigen, war eine größere Pein als je zuvor und Hausaufgaben, davon will ich gar nicht erst anfangen, ansonsten wirft man mir noch Wehleidigkeit oder gar Heulerei vor. Na, jedenfalls wird man sich denken können, dass dies alles nicht besonders einer Linderung der Sorgen meiner vermaledeiten Eltern zuträglich war. Ich musste irgendeinen kritischen Punkt überschritten haben, denn für meinen Vater stand fest, dass das Fass übergelaufen sei und meine Mutter konnte vor lauter Sorge angeblich nicht mehr schlafen. Emil, was ist denn bloß los? Du hast schon wieder deine Hausaufgaben nicht gemacht? Lehrer Kling hat heute angerufen und war sehr besorgt und das sind wir auch!

Verdammich Emil, du kommst jetzt in ein Alter, in dem man lernen muss, sich zusammen zu reißen! Es ist nicht alles Friede Freude Eierlei. Als Kind kann man spielen, aber irgendwann ist die Zeit vorbei und dann zählt's! Und wenn man dann nichts macht, dann landet man in der Arbeitslosigkeit oder schlimmeres. Er wollte seine Tirade noch ausweiten, aber meine Mutter unterbrach ihn.

Schatz, wir haben das doch gestern besprochen. Wir wollten doch nicht... Alles klar...? Pause. Emil, dein Vater und ich haben uns viele Gedanken gemacht und fanden es das Beste, wenn wir mal zu Dr. S. Lohenbek mit dir gehen, du weißt schon, der liebe Doktor zu dem auch deine Cousine geht.

Ich wurde hellhörig. Bin ich krank? Nein, ich fühl mich gut. Hab ich einen Ausschlag im Gesicht? Hab mich lange nicht im Spiegel betrachtet. Welche verdammte Cousine?

Verdammt Emil! Hör auf zu fluchen! Du hast keinen verdammten Grund dazu!

Selber.

Na du weißt schon, Cousine Lara.

Cousine Blabla war ein paar Jahre älter als ich, keine Ahnung wieviele, jedenfalls weinte sie schrecklich viel und hatte angeblich Alpträume (als wäre das etwas Besonderes) und sie aß verdammt wenig, alles in allem sah sie aus wie ein Gespenst und fühlte sich laut Hörensagen auch so. Kein Ahnung, was für'n Doktor ihr meint.

Einen Psychiater Emil, einen Psych-i-a-ter!

Das ist ein ganz normaler Arzt, wie alle anderen auch! Da geht man hin, wenn einem nicht wohl ist.

Mir geht's gut.

Oder wenn man Probleme hat...

Ich habe keine Probleme...

Verdammich Emil, jetzt reicht's aber! Wir haben einen Termin gemacht, da gehst du hin! Kuriert dieser Quacksalber auch Flucherei...?, dann würde jedenfalls einem von uns geholfen werden, wollte ich noch fortfahren, aber mein Vater hatte mich bereits so fest am Nacken gepackt, dass mir die Worte steckenblieben. Er schleifte mich hoch in mein Zimmer und ich plärrte mein „Pfoten weg"-Mantra, doch es half nichts. Nachtisch blieb aus.

Nachdem ich abwechselnd Todeswut und Klaustrophobie durchmachte und mir eine zerbeulte Stirn vom Kopf-gegen-die-Tür-Schlagen geholt hatte, folgte eine lange Phase absolut regungslosen Sitzens. Fragen, auf die ich keine Antwort hatte, zernagten meinen Schädel. Ich bin nicht krank, ich bin nicht krank, bin ich nicht krank? Irgendwann spät in der Nacht ging ich zum Fenster. Vielleicht war einer der Gedanken dort hinunterzuspringen, ich möchte das nicht bestreiten, aber das hätte mir vermutlich nur quälenden Krankenhausaufenthalt beschert... wenigstens hätte ich dann Gewissheit in der Krankheitsfrage, doch bemerkte ich den Mann auf seinem Balkon und das zerstreute mich sofort. Er sah hilflos aus, so als wüsste er nicht weiter. Schnell holte ich meine magolorischen Gläser und siehe da, es standen ihm die Tränen in den Augen. Man könnte sagen, der Deich war kurz davor einzubrechen. Das Gesicht war versteinert und die Augen, abgesehen vom Wasser, starr und leer. Am liebsten hätte ich hinübergerufen und ihn direkt gefragt, was denn los wäre, doch da die Menschen ihre Gefühle mit Lügen oder Selbstlügen zu kaschieren pflegen (wie meine Oma wusste) und damit wir nicht fünf Millionen weitere Zuhörer hätten, ließ ich es bleiben und versetzte mich stattdessen in Trance.

Er hatte es gewagt. Alles auf eine Karte. Jetzt oder nie. Ein entscheidender Schritt um der Verzweiflung zu entrinnen. Ein Ruck des Mutes und doch auch ein Flug, der ziemlich sicher mit Bruchlandung enden würde. Aber was machte das schon bei einem, der Tag für Tag den Schmerz der Ungewissheit als Herrscher auf dunklem Thron in seinem zernagten Herzen akzeptierte. Weiter fallen konnte er nicht, oder? Doch war da dieses winzige bisschen Licht, wenn er es wagte. Also wagte er. Einige Zeit nach dem Tango-Abend lud der Mann die Frau zu sich nach Hause ein. Sie sagte sofort ja, und, wir haben schon so lange nichts gemacht, ich habe dich vermisst. Das kleine Licht leuchtete vielleicht doch etwas heller als gedacht, nicht wahr? Seine Wohnung sah glänzend aus und er selbst nicht weniger. Ich würde meinen, man hätte ihn gut für irgendeine noble Anzugwerbung als Midlife-Herren-Model brauchen können. Sie sah, natürlich, es konnte nicht anders sein, atemberaubend aus. Sie aßen und unterhielten sich so gut wie nie zuvor. Seelenverwandte, als wären alle Blockaden, die die Unterhaltungen der Menschen so armselig machen, von ihnen weggezaubert worden. Sie redeten über wichtige und tiefe Dinge, wenn auch nicht über das Ding, das zwischen ihren Gesichtern schwebte, diese Frage bei der Begrüßung, beim Abschied, oder wenn man sich beim Lachen zueinander neigt. Nach dem Essen gingen sie ins Wohnzimmer, die zweite Flasche Wein im Schlepptau, und waren sehr lustig. Sie führten sich gegenseitig Zauberkunststückchen vor, die meistens scheiterten, was sehr skurrile Körperhaltungen zu Folge hatte, doch das machte nichts. Keiner hatte Angst vor dem anderen komisch auszusehen. Wie hätte meine Oma gesagt, sie waren ein Herz und eine Seele. Irgendwann wurden sie ruhiger und Arm in Arm saßen sie da im Kerzenschein und waren glücklich. Nach einer Weile, genauer gesagt, als Roberta F. „Killing Me Softly" aus den Boxen soul´te, legte sie ihren Kopf auf seine Schulter und summte leise mit. Und der Mann, er starb. Sanft.

Die Playlist war wohl zu Ende, jedenfalls hatten sie schon eine ganze Weile still dagesessen, Kopf an Kopf. Er flüsterte in ihr Ohr: ich liebe dich. Es blieb still. Dann wandte sie sich lächelnd zu ihm. Hast du was gesagt? Tut mir leid, ich war ganz woanders. Er schaute ihr in die Augen und sagte, dass er sie liebe. Die Triebwerke setzen aus, Steuerung defekt, das Flugzeug beugt sich der Schwerkraft. Oh, sagte sie und machte eine grausame Pause. Wir haben ziemlich viel getrunken, oder? Das Flugzeug zerschellt am Boden und brennt in Schutt und Asche. Ich sollte gehen, wo habe ich nur meine Jacke gelassen, hihi, ich bin ganz betüttelt. Der Mann, weil er es nicht ertrug, schaltete auf Sklavenmodus und half ihr in die Jacke. Es war ein so schöner Abend, sagt sie und in der Tür dreht sie sich nochmal um. Das Herz des Mannes setzt aus. Sie umarmt ihn noch einmal und flüstert, ich hab dich so lieb.

Ich verglich die Ergebnisse meiner Gedankenlesung mit dem Gesicht des

Mannes und fand, dass meine Kräfte immer besser wurden. So konnte nur jemand dreinschauen, dem eben gerade auf ein „ich liebe dich" mit einem „ich hab dich lieb" geantwortet worden war, der so ziemlich schlimmsten Antwort, wenn man mich fragt. Und wie wir beide so dastanden und die Nacht argwöhnisch beäugten, merkte ich, dass meine Gedanken plötzlich nicht mehr beim Mann und der Frau waren, sondern dass ich, wahrscheinlich ebenso wie er, in der Dunkelheit nach der kleinen, schwarzen Katze suchte.

Szenenwechsel. Nach fünf Minuten hatte der Doktor meine Eltern hinausgeschickt. Nachdem es einige Verwechslungen gegeben hatte, da er mich siezte und das den Horizont meines Vaters eindeutig überstieg, ließ er die Ansicht meiner Eltern nochmals über sich ergehen und bat sie dann hinaus. Die brauchen wir nicht, war seine lapidare Erklärung als sich die Tür geschlossen hatte. Auch wenn seine Tricks ziemlich durchschaubar waren, so zeigten sie doch Wirkung. Mein Misstrauen wich und ich gab das Couchkissen frei aus meiner panischen Umklammerung. Es folgte kleines Geplänkel. Wie alt ich sei, was ich so mache, wenn man mich nicht gerade an den Schultisch fessele, wer meine Freunde seien, und so fort. Dann sprachen wir viel über meine sogenannten Träumereien und er schlug vor, dass ich doch alles aufschreiben solle. Ein Magierprotokoll sozusagen, um die Ergebnisse meiner Zauberei festzuhalten. So hätten etwaige Lehrlinge ein vorzügliches Beispiel von einem Gedankenlesungsritual. Ich blickte ihn skeptisch an; war mir nicht ganz sicher, ob er sich nur lustig machen wollte oder ernste Absichten dahinter standen. Doch nach einigen Überlegungen sah ich seinen Punkt ein. Unproduktivität konnten mir meine Eltern dann nicht mehr vorwerfen. Besonders meinem Vater, dem alten Firmenchef, ging dann sein wichtigstes Argument aus. Ich beschloss einstweilen dem Doktor zu vertrauen, obwohl mir nach wie vor etwas mulmig bei dem Gedanken war, jemanden so tief in meine Hexereien einblicken zu lassen. Und doch, wie ich abends im Bett darüber nachsann, irgendwie war er ja auch eine Art Magier, wenn er so gut die Gefühle der Menschen erraten konnte. Die einzige Frage blieb, ob er ein guter Heiler war und die verrückten Zauberer Zauberer sein ließ, ihnen bloß zeigte wie sie mit den Ungläubigen umgehen mussten oder ob er ein böser Zauberer war und ihnen ihre Zauberkraft austreiben wollte. Ich für meinen Teil hatte den Doktor und sein Gefasel bald wieder vergessen. Wichtigeres erforderte meine Aufmerksamkeit, denn ich spürte, dass meine Forschungen kurz vor dem Durchbruch standen.

Dem Mann war es vorstellbar dreckig ergangen seit ihrem letzten Treffen. Er durchlief das gesamte Martyrium einer offenbarten, aber unerwiderten Liebe. Er hasste sich selbst, er erklärte die Frau für heilig, er verwarf ihre Heiligkeit und kategorisierte sie zu den Sirenen, doch das erschien ihm bald zu heftig und er stufte sie hinab zu den Meerjungfrauen, die die Männer zwar immer noch verführen, aber nicht so böswillig wie Sirenen sind. Er wollte sie vergessen, er redete sich ein, dass sie immer ein Teil von ihm bleiben würde. Er erwog die Chancen einer Flucht, verwarf sie ebenso schnell, da er, wenn auch von ihrer Anwesenheit im Raum, so jedoch nicht von der Anwesenheit ihres Schattens in seiner Erinnerung fliehen konnte. Nach alledem zweifelte er an sich selbst und seiner dramatischen Perspektive, sperrte Einzelheiten des Abends aus und räumte anderen einen abnorm großen Platz in seinem Gedächtnis ein. Bis er an den Punkt kam, sich die Frage eines erneuten Versuchs zu stellen. Ein neuer Angriff, ein letzter Angriff, einmal noch... So viel hatte er doch eigentlich noch nicht versucht und es bestand ja die Möglichkeit, dass die Frau ihn lediglich auf die Probe stellte. Schließlich hielt er sich an dem dürren Faden fest, dass er sie letztes Mal überrumpelt habe, regelrecht überfahren mit seiner Inbrunst, und dass er ihr etwas mehr Luft zugestehen müsse. Also machte er, was er in Perfektion beherrschte, den zurückhaltenden aber aufmerksamen Gentleman. Eine Woche verging und noch eine zweite und dritte, in welchen liebe, aber doch banale, Worte zwischen den beiden ausgetauscht wurden und sonst nichts weiter geschah. Dann kamen die Sommerferien. Und als er nach dem letzten Schultag rauchend und allein im Park saß, hatte sie ihn angerufen. Ehrlich mitgenommen erzählte sie ihm von Problemen, die sie mit der Schule hatte und bat ihn um Entschuldigung, sie wisse wie grausam es für ihn gewesen sein müsse, dass sie den Abend nie wieder erwähnt hatte. Sie möchte es wieder gutmachen, sagte sie, und mit ihm ins Theater und danach... sie kicherte. Deine Musik war so schön, ich würde gerne einmal dazu tanzen, vielleicht, vielleicht können wir ja danach zu dir. Die Hoffnung blühte auf in ihm, es war richtig den Zweifeln nicht zu trauen. Nun endlich weiß sie, was ich bin und wer ich für sie sein kann.
Das Theater war gut, doch noch besser: die Witze, die sie anschließend darüber machen konnten. Mitten in einem heftigen, gemeinsamen Lachanfall, trat der Mann neben sich und sah in Zeitlupe die wunderbaren Lippen der Frau beben und ihre meerfarbenen Augen tränen und er wusste, dass er nicht anders konnte, als ins pure Glück oder ins absolute Verderben zu stürzen. Und dann fragte er sie und sie antwortete, dass

sie unglaublich gern noch zu ihm wolle. Aber nur, wenn er noch mit ihr tanzen möchte, sagte sie mit einem Zwinkern. Ich möchte nicht, ich muss mit dir tanzen, meine Dame, charmeurte er zurück. Sie lachten den ganzen Weg bis zu ihm. Und sie sangen und tanzten in seinem kleinen Appartement. Und sie tranken, vergaßen die Welt und dann, als es spät wurde, fragte er sie.

Willst du noch bleiben?

Ich will nicht, entgegnete sie und verstellte ihr Gesicht zu dem spitzbübischsten Mädchengesicht, das man sich vorstellen kann, ich muss! Dann glitten ihre Hände in das Wirrwarr seiner Locken und sie gab ihm einen Götterkuss auf seinen Mund. Es erfüllte sich. Endlich. All seine Sehnsüchte zerstoben für diesen Moment, weggewischt vom ambrosischen Geschmack ihrer Lippen. Er erwiderte den Kuss und sein Herz explodierte. Im Dunst von Wein und Musik fielen sie auf das Bett und er hielt sie unendlich lange in seinen Armen. Immer wieder betete er, schlaf noch nicht ein, bitte schlaf nicht ein. Doch die Nacht forderte ihre Ruhe. Von beiden. Und Arm in Arm schliefen sie.

Am nächsten Morgen erwachte er in einem kalten Bett. Die Seite neben ihm war leer. Sie hatte einen Zettel auf dem Küchentisch gelassen. Der Mann las ihn, setzte sich an Ort und Stelle hin, seine Augen waren leer. Vom Sitzen wechselte er ins Liegen und ich vermute, er blieb da mindestens sieben Tage liegen, denn genau so lange bekam ich ihn nicht mehr zu Gesicht. Der Balkon blieb leer und auch die kleine schwarze Katze tauchte nicht wieder auf.

Als ich mich nach einem heftigen Streit mal wieder in meinem Zimmer verbarrikadiert hatte und lustlos war irgendetwas zu tun, da holte ich die magolorischen Gläser heraus. Sieben Tage waren vergangen seit meiner letzten Gedankenleserei und wie schon erwähnt, ebenso lange hatte ich den Mann nicht gesehen. Ich durchstach also in einem ziemlich lustlosen Versuch die Nacht und suchte mit wenig Hoffnung Garten und Balkone ab. Da bemerkte ich, dass der Mann hinaus trat. Er schnupperte an der kalten Abendluft, stopfte sich gedankenverloren seine Pfeife und zündete sie unter großem Hokus-Pokus an. Ich wurde äußerst neugierig, machte mich schon bereit auf ein neues leidvolles Gesicht, dass mir eventuell eine Folgeforschung ermöglichen würde. Doch entgegen aller Erwartungen hob er sein Gesicht und, ich blinzelte, und lächelte.

Die Streitigkeiten mit meinen Eltern dauerten noch viele Jahre an. Ich habe ihnen mal den Niederschrieb meiner Untersuchungen des Mannes und der Frau gegeben (natürlich ohne die Schilderung der Störfaktoren) und beide haben einfach nur den Kopf geschüttelt. Doch enttäuscht war ich davon nicht. Im Gegenteil, je mehr sie schimpften, desto größeren Gefallen fand ich an meinen sogenannten Träumereien. Ich weinte nun nicht mehr, wenn sie mich zusammenstauchten, auch der Zorn war nicht mehr da. Ich lächelte.

Was freilich die Sache mit der Katze anging, war das anders. Der Mann hatte eingesehen, dass sie nie zu ihm kommen würde. Ich hingegen musste noch einige P′s kennen lernen, bevor mir klar wurde, was ihm damals klar war: dass im Kampf von Traum und Wirklichkeit keines von beiden siegen kann. Das Haus gewinnt immer. Nur wer spielt, lächelt.

Eric Rahn, vorgestellt von Sara Zinser

Geboren 1991 im hohen Norden Deutschlands, trieb es den Studenten der Politikwissenschaft und Soziologie Eric Rahn in jungen Jahren nach München, um einer aktiven Karriere im Judo nachzugehen. Erst mit zwanzig zog er aus stickigen Hallen in die Welt der Bücher und tauschte Kampfkunst gegen Schreibkunst. Er entdeckte damit die Möglichkeit sich auch erfolgreich in Worten auszudrücken, die er zuvor auf dem „sanften Weg" (jap. Ju-do) gesucht hatte. Ob durch die Augen eines besonderen Jungen oder einer sturen, kleinen, schwarzen Katze – es ist die Magie der Worte, die Eric jetzt für sich sprechen lässt.

Morgen, im Schneesturm

Sara Zinser

Du warst wie ein kleines, graues Einhorn, an dem Tag an dem ich dich das erste Mal traf. Ein graues Wesen in einer Menge aus schillernden, menschlichen Kreaturen. Du warst besonders, aber fielst doch nicht auf – außer dem Künstlerauge, dem wachsamen Blick der das Ungewöhnliche sucht – um es in Worten zu fangen, auf Papier zu bannen und zwischen Seiten einzuklemmen.

An jenem flockigen Tag in einer weißen Landschaft, banntest du meinen Blick über lange Minuten – statt mich meinen Bildschirm mit sinnvollen Strichen füllen zu lassen. Verirrt im Schneesturm der Gedanken lief ich keinem romantischen Funken hinterher, der sowieso nur ins Leere locken würde, sondern meiner unverblümten Neugier. Während meine Wenigkeit in molliger Wärme in einem der hiesigen Kaffehäuser hockte, die den großen Heißgetränkfließbandfabriken trotzen – direkt am Fenster um immer wieder einen Grund zu finden von meiner eigentlichen Tätigkeit abzuschweifen – entdeckte ich dich draußen im Schneetreiben unter einem kaminroten Busdächlein.

Flocken wirbelten in einem wilden Tanz um deinen geduckten Körper. Fast schien es als wolltest du verschluckt werden von der allmächtigen Natur, fortgetragen werden an einen menschenleeren Ort – doch Mutter spöttelte nur mit Glitzerflaum, der um deine Nase tanzte. Dein Blick stets nach unten gewandt. Nicht in dich hinein, sondern von allem hinfort. Damals, geleitet von naivem Unwissen, kamst du mir vor wie das in Eis gemeißelte Abbild eines Mädchens – lediglich eine hüllenhafte Erinnerung an etwas, das einst erfüllt war mit Leben. Du wirktest hin- und hergerissen zwischen dem Hier und einem anderen Ort. Zwischen dem Gestern, dem Jetzt und dem Bald. Was sonst solltest du wollen von einem banalen Übergangsort wie einem Busbahnhof? Ob es nun mein amateurhafter Künstlergeist war oder doch nur der Wunsch nach einer Atempause, aber es drängte mich auch meinen Körper dem Schneetreiben auszusetzen.

Meine Gedanken drehten sich im Kreis, drehen sich noch immer. Ein

Strudel der Worte, denen nicht zu entkommen ist. Die Fragen, die mich seit meiner Ankunft im gelobten Land zu jedem Zeitpunkt heimsuchten und die ich in diesem Moment auf dich projizierte.

Als ich wieder aufblickte aus den Tiefen meiner Gedankenfetzen, warst du fort. Hinfortgetragen von einer eisigen Böe. Schon in diesem Moment hattest du Spuren im Schnee in meinem Kopf hinterlassen. Im Normalfall allzu bald weggewischt vom alltäglichen Gedankensturm, doch in diesem Augenblick fühlte ich wie der Raureif meinen Brustkorb überzog und dein Grau Einzug hielt.

Es ist mir nicht ganz klar wie du den Weg zu mir fandest. Wie du spürtest was mein rastloser Körper noch vermisste. Wie mein Kopf durch Trägheit in Watte gepackt war. Eine kalte Hand zerrte an meiner Kleidung als ich den Schutz der Kaffeestube verließ und eiligen Schrittes Asyl in meinem eisernen Kasten suchte. Ich streichelte das Armaturenbrett um das widerspenstige Biest zum Schnurren zu bringen, als plötzlich ein Wirbelwind aus wilden Eiskristallen das Wageninnere erfüllte. Und da saßt du, auf meinem zerschlissenen Beifahrersitz.

Gehüllt in einen dicken Daunenmantel wie ein verschmutztes Michelin-Männchen, mein graues Einhorn. Gespickt mit Schnee, war selbst dein Haar von dieser schwarz-weißen Farblosigkeit. Für einen Moment hielt ich dich für eine Fata Morgana meiner Erschöpfung, gefangen in denselben Gedankengewinden den ganzen Tag über. Doch dann spürte ich deine Körperwärme, die zu mir herüber strömte bevor du überhaupt etwas sagen konntest.

Kannst du mich nach Seattle fahren? wolltest du wissen.

Die Frage hing in der Luft, zwischen zwei Menschen, die zwar einseitig ein paar Stunden miteinander verbracht hatten – ich in der molligen Wärme hinter meiner Glasbarriere und du draußen im eisigen Schneetreiben – aber sich doch zweiseitig fremd waren.

In diesem Moment, einen bedrückten Atemzug lang, hielt ich dich für blind. Mein Urteil schnell gefallen anhand der Weise wie du aus dem beschlagenen Seitenfenster starrtest, das doch jede klare Sicht verwehrte, wie dein Blick sich nie auf ein Ding oder Wesen zu fokussieren schien – für diesen einen Moment war für mich dein Augenlicht erloschen zu Asche, die deine Sinne trübte. Asche, die auf deinen Augen lag wie eine dünne Schicht dreckiger Schnee. Doch dann bemerkte ich wie dein Blick für den kürzest erdenklichen Zeitraum über mein Gesicht huschte. Erinnerst du dich? An meine widerspenstigen Locken, die sich um meine Ohren kräuseln oder vielleicht sogar an die winzigen Tintenkleckse, die wie verstreute Kieselsteine fast immer auf meinem Handrücken liegen?

Du sahst, doch du erkanntest nicht. Und warst mir darin gleich.

Dies hätte meine geistige Zuflucht werden sollen. Ein Ort, an dem man atmen kann und aus dem der Geist mit vollen Händen schöpft. An dem ein Gehirn in Form eines verworrenen Wollknäuels ein Kunstwerk darstellt und keine Missbildung. Stattdessen war ich bei Menschen gelandet, die in Geraden, Winkeln und Formeln dachten und die mich augenscheinlich in der Ecke eines perfekten Quadrats einzwängen wollten.

Ich wollte wissen, was dich nach Seattle drängte, mit solcher Dringlichkeit, dass sie deinem augenscheinlichen Unwohlsein an dieser Situation Einhalt gebot. Die Fragezeichen in meinem Kopf tummelten sich zuhauf, fielen übereinander her im Tanz um das anarchische Vorrecht auf Beachtung. Heute weiß ich es besser, weiß mehr über dich. Schnatternde Teenager, faule Studenten, Familien auf Urlaub, die gesamte Arbeiterschaft eingepfercht auf achtzig Quadratmetern! Und du erzähltest mir von deiner exzentrischen Tante, die farbenfrohe Kopftücher von wahrer Blumen- und Musterpracht trug, die mit einem Gang der Wichtigkeit einherschritt als wäre sie die Queen höchstpersönlich... und die Krebs hatte.

Ich kann mich jetzt an viele Momente erinnern in denen ich mit einer unbewussten Geste, die mir heute allzu bewusst ist, die Kieselsteine auf meinem Handrücken gerieben haben muss. Wahrscheinlich tat ich dies auch während deiner Geschichte und du bemerktest vielleicht zum ersten Mal den kleinen Fleck Hornhaut, der sich in der Vertiefung zwischen meinem Daumen und Zeigefinger verewigt hat.

Eine Beileidsbekundung floh über meine Lippen – Tut mir leid – als die Bedeutung deiner Worte verspätet durch mein Gedankensieb sickerte und du ergänztest meine Wortlosigkeit mit deinem Namen.

Winter.

Er fügte sich ein in das seidene Gebilde, das sich bereits in meinem Kopf gesponnen hatte. Jedes Mal wenn dein Name meine Lippen verlässt oder ich auch nur an dich denke, ist es die Klarheit, die an einem kühlen Wintermorgen den Geist befreit, die mir in den Sinn kommt, die nichts hinterlässt außer einer reinen, unberührten Schneedecke.

Wie eine Skizze hängt die Erinnerung deines unglücklichen Lächelns in meinem Kopf. Dahinter versteckt sich die Wahrheit, dass selbst ein wortreicher Ausdruck des Mitleids oft leicht über die Lippen geht, während hingegen das Gefühl selten Tiefe erreicht.

Du nanntest deine Tante ein buntes Schaf in einer kleinkarierten Schwarz-Weiß-Familie und ich fragte mich, so wie ich mich noch heute frage, ob dir bewusst war wie dabei deine blass-grauen Augen über meine Erscheinung huschten. Mancher hätte in diesem Moment Oberflächlichkeit unter deiner Fassade vermutet – die schnelle Einschätzung meiner Herkunft, meiner Erziehung und Bildung anhand eines kurzen Blickes auf etwas so Banales wie diese Ansammlung von Stofffetzen, die sich Kleidung schimpfen, und die nur verbergen was wir irgendwann als Privat definiert haben. Und was weit tiefer liegt, viel tiefer als die physikalische Barriere meiner Haut. Doch war ich nicht anders gewesen, hatte die Neugier in meinem Inneren doch schon längst ein eindeutiges Bild von dir gezeichnet.

Im Nachhinein kann ich mich an den Konjunktiv erinnern, den ich vor jegliches Bemühen schob, das nichtssagende *würde* verbunden mit einem abweisenden *aber*, doch was mich letztes Endes zu Fall brachte, war das *muss* am Schluss:
Ich würde dir gerne helfen, aber ich muss...

Der Rest der Worte blieb ungeboren. Das ewige Mantra aus *Du musst... Du sollst... Du wirst...* welches schon immer die Entscheidung aus meinen Händen gerissen hatte, bevor ich überhaupt darüber nachgedacht hatte mich zu entscheiden. Ich war festgekettet. Gefangen an diesem Mittelort, der mir nur das Dies oder das Dort aufzeigte, das Rechts oder Links.

Und statt endlich zu entscheiden mich treiben zu lassen oder selbst voran zu treiben, blieb ich stecken im gedanklichen Schneemorast, der immer tiefer wurde und mich schließlich zu verschlucken drohte.

Nicht viel ist geblieben in meiner Erinnerung an das Dazwischen. Zwischen dem Moment als ich erkannte, dass es niemand anderer war als ich selbst, der meine Fesseln hielt und dem Augenblick wo ich glaubte endgültig loslassen zu können. Durch die Reflexion im spiegelnden Glas sah ich in deinen Zügen Traurigkeit, die mir Einhalt gebot. Die Erkenntnis, dass dein Gesuch deine Bedürfnisse über meine stellte. Du warst blind in eine Situation gestolpert und hattest mein Lebensbuch geöffnet ohne das Stück oder gar die Szene zu kennen. Welche Wege soll ich beschreiten? Welche Entscheidungen muss ich treffen? Gegen welche Dämonen kämpfen?

Der Rückzug in deine düstere Gedankenhöhle war rasch; die gemurmelten Worte der Entlastung und des Verständnisses, die schnelle Entbindung von meiner Pflicht:
Es tut mir leid, dass ich einfach in dein Auto eingedrungen bin, sagtest du, du musst bestimmt irgendwo hin...

Das Rot auf deinen Wangen schimmerte durch deine graue Aura. Die Beispiele kamen rasch über deine dünnen Lippen: Universität, Arbeit, Familie. Vielleicht sogar eine Freundin, wisperten die Blutspritzer deiner Scham auf dem Gesicht. Du warst so leicht zu lesen, glaubte ich. Mein Blick hüpfte von Schneeflocke zu Schneeflocke, zog jeden deiner Vorschläge in Erwägung und ließ sie alle bedeutungslos auf dem nassen Asphalt in Nichtigkeit zerrinnen.

Es gab diesen Ort nicht. Das Fleckchen Welt, welches mit dem übereinstimmte, wo ich damals eigentlich sein sollte und der Fleck, wo ich wirklich sein wollte. In diesem kurzen Moment, wo deine in ein weiches Knäuel gepackte Hand über der Tür schwebte – so entscheidend für mein und dein Hier und das baldige Dort – erkannte ich, dass ein Übergangsort wie dieser Bahnhof einem erlaubte zeitweise im modalverblosen Kontinuum zu leben, doch gleichzeitig auch eine nahe Entscheidung forderte, die das muss-darf-soll entweder erfüllte oder herging.

Vielleicht morgen, aber heute muss ich nirgendwo sein.

In der Stille, die folgte und zwischen uns saß – ein Berg, der erklommen werden musste um voranzukommen – sah ich die vorsichtige Knospe einer frischen Hoffnung, die aus deinem Herzen heranwuchs.

Kannst du dich erinnern, mein graues Einhorn, wie ich dich fragte ob Seattle dein Ziel sei? Du bejahtest, im Glauben oder in dem Wunsch mir die Wahrheit zu verraten – ich vermag es nicht mit Sicherheit zu unterscheiden.

Ich bin Finn, gestand ich dir im Gegenzug.

Deine Finger berührten die Tintenkiesel auf meiner Hand, kitzelten den Drang wach dich jetzt gleich zu fangen, zu fassen, zu zähmen. In der Bewegung eines Atemzugs hob sich deine Brust und ich hörte dich sagen:

Ich heiße Winter.
Ich weiß, entgegnete ich mit meinem geschenkten Wissen.

Dein Blick flog erschrocken und mit schnellen Flügelschlägen über meine Gesichtszüge und ließ mir die Möglichkeit die nackte Flamme des Schreckens in deinen Augen auflodern zu sehen. So grell und heiß, dass sie drohte dich zu verzehren.

Woher weißt du das? fragtest du entsetzt.
Das hast du mir schon gesagt, erinnerst du dich nicht?

Deine Lippen formten ein schamvolles, rundes *oh*. Das Feuer erlosch so schnell wie es geboren worden war und hinterließ lediglich das sanfte Glühen einer erlöschenden Glut.

In diesem Moment fragte ich mich, was mein Name über mich verriet, welche Erwartungen er einem anderen Menschen aufzwang, der nichts dahinter kannte; nur eine kurze Bezeichnung, einen Laut, der mich von anderen unterscheiden sollte. Klang es für dich nach einem jungen Mann, der Zuvorkommenheit, Höflichkeit und Ehrgeiz auf seine Weste geschrieben hatte? Der die Bücher einer gesunden Mütze Schlaf vorzog, der *Ja* und *Ja* und *Danke* sagte, der Türen aufhielt, alten Damen die mit Steinen gefüllten Einkaufstüten hinterher trug und der blumenartige Gewächse als Zeichen von Aufmerksamkeit schenkte – keiner konventionellen Pflicht geschuldet? Oder nach einem Jungen, unausgereift in seinem Wissen, sich sehnend nach Krügen voll Kreativität, die seinen Durst stillen würden; ein Setzling, der seine Äste in die weite Welt reckte um einen anderen Sonnenfleck zu erreichen? Jetzt wo du es weißt, wie klingt mein Name nun für dich?

In diesem Moment schloss ich ein Übereinkommen mit dir, aber auch mit mir selbst. Ich würde dich an dein Ziel bringen, und wenn das gelang würde ich nach meinem eigenen suchen. Was ich dir abnahm, war das Versprechen, dich nicht noch einmal so in Gefahr zu bringen. Selbst wenn mein Name meine Aufrichtigkeit vermuten ließ, meine Bereitschaft ein wildfremdes Wesen zweieinhalb Stunden in die Welt hinaus zu fahren, von einem guten Charakter zeugte – wer verriet dir, welche Motivation sich dahinter verbarg? Wer erzählt dir die ganze Geschichte?

Für die ersten aneinander gereihten Augenblicke, die mir wie eine kleine Blase Ewigkeit vorkamen, erschien mir unsere gemeinsame Fahrt wie ein Nebeneinander-Her-Existieren an einem durch Zufall bestimmten, gemeinsamen Ort. Du saßt zwar neben mir, hattest deinen Blick stets in die gleiche Richtung gewandt und warst de facto meine Begleitung auf diesem eisigen Weg durch fliegende Kristalle, doch hättest du dich auch an jedem anderen Platz aufhalten können, so hätte zwischen uns die gleiche geistige wie körperliche Verbindung bestanden.

Erst eine halbe Stunde näher an deinem, meinem oder gar unserem Ziel, fand ich heraus, dass das Problem für dich nicht in dem *Du* oder gar *Wir* bestand, sondern dem *Ich*. Während wir an Lake Samish vorbeifuhren, wo im Sommer sich die Jungen und die Junggebliebenen wie von Sonnenglanz gesättigte Sardinen in geordneter Unordnung auf den Schwimminseln streckten, offenbarte ich dir das Titelblatt meines Lebens.

Sag, erinnerst du dich? Der junge Austauschstudent aus dem weit entfernten, unexotischen Land, der – kein Überraschungsmoment – tröge Wälzer mit staubtrockenen Seiten und Inhalt tagein, tagaus mit sich herum schleppte. Der sie schleppte in den Fußstapfen seines biologischen Vorgängers. Stets den Blick nach unten gewandt, um nicht der Versuchung der großen Weite der Welt zu erliegen. Doch war es nicht die Stille, die auf deiner Seite des Berges herrschte. Du überschüttetest mich mit einem Hagel aus Fragezeichen; ob aus gezügeltem Interesse, höflicher Neugier oder sachter Erleichterung, die ich nicht teilte.

Was ist mit dir? fragte ich, als das Ziel in denkbare Nähe rückte.

All die mir bekannten Informationen über dich stammten lediglich aus meiner Beobachtung oder dem Gedankenspiel in meinem Kopf. Die Art wie sich deine Knie zu jedem Zeitpunkt luftundurchlässig aneinander pressten, bedeckt von deinen Handflächen, wie du Blickkontakt miedest, aber die Asche in deinen Augen, doch auf mir liegenblieb, wenn du glaubtest ich würde es nicht bemerken. Schon damals erahnte ich die Worte, die sie dir hinterwerfen wie zweischneidige Schwerter. Die Extreme die hinter deiner grauen Erscheinung vermutet werden: Hochmut oder tiefe Scheu. Herzlosigkeit oder Gedankenkampf. Heute kenne ich das Schauspiel, welches sich in deinen Augen immer wieder auftat – auch wenn ich es nie zu begreifen vermochte.

Deine Antwort, heute wie damals, ein in Witz und Wahrheit getarnter Selbsterhaltungstrieb:
Ich bin eine Serientäterin, die einzigartige Gesichter sammelt, sagtest du.

Denn selbst wenn die Wahrheit einem ins Gesicht springt, wie ein kampflustiges Biest, so ist die naive Kreatur doch nicht immer in der Lage sie als solche zu erkennen.

Einzigartig schön oder einzigartig hässlich? fragte ich.
Ist da ein Unterschied? entgegnetest du; die unsichere Flamme, die sofort wieder in deinem Blick flackerte, bewegt durch deinen zu schnellen Atem.

Heute weiß ich um die bedrückende Last dieser Fragen: die niedrige Stufe auf die du gestellt wirst; wie du in deinem Gedankenwirrwarr zu der gottähnlichen Erscheinung deiner leibhaften Mutter hinaufblickst mit ihrer Alabasterhaut und dem buschigen Feuerhaar, und zu deinem Vater mit der nackten Krone. Wie alle Begriffe der Belehrung zu silbernen Seifenblasen werden, die aus deinen Augenwinkeln gleiten und auf deinen Händen zerbersten.

In Ermangelung von Worten um deine Entgegnung zu erhellen, erzählte ich dir von meiner Familie. Von meinem Vater, den ich nur mit Wichtigkeit unter dem Arm und viel Arbeit auf den Schultern kannte. Der etwas geduckt ging, als wäre er diesen weltlichen Ballast nie losgeworden, den er aber nach und nach an mich vermachte. Von meiner Mutter, die sich definierte durch die Anerkennung der anderen, das muntere Rollenspiel, welches sie hegte und pflegte: Ehefrau, Mutter, Hausfrau. Die sich selbst vergaß, wenn sie dadurch in Erinnerung blieb. Und von meiner großen Schwester Fenja – erinnerst du dich an die Szene, die ich dir in den Schnee zeichnete?

Trotz unserer Namensverwandtschaft ist Fenja das Gegenbild zu mir – wie mir gerade im Bildnis unseres Abschieds so ungetrübt klar wurde: Der Sonnenglanz, der spiegelglatt über ihre Schultern fiel wie ein nie enden wollender Wasserfall aus Glück. Die Weite des Meeres, die sich in ihren Augen reflektierte und Freiheit versprach. Fenja – die Wanderin – sie war schon immer ein Kind gewesen, das einen Schritt weiterging als alle anderen, und wenn jemand stehen blieb, dann gleich zwei. Sie war die erste, die über den Rand unserer kleinen Familienwelt hinausblickte und sprang ohne zurück zu sehen. Erst die Schule im Norden, dann das Studium im Süden und schließlich ein Leben in der goldenen Mitte – während ich einen zaghaften Schritt gewagt hatte, nur um zu realisieren, dass meine Wurzeln noch immer fest im gewohnten Erdreich verankert waren. Abschiedsmoment: Fenja zog mich in die Umarmung ihres offenen Wesens, Mutters Tränen verschleierten ihr Selbstgefühl, Vaters offenbarten seine Erwartungen, während Fenjas Augen flüsterten, Lass los, kleiner Bruder, und ihre Lippen ein Wiedersehen versprachen.

Mir ist selbst jetzt nicht ganz klar, wieso damals dieser Bericht meine Brust verließ, wieso ich das Erlebte mit dir teilen musste. Vielleicht auf der Suche nach dem ewigen roten Faden, der menschliche Einsamkeit zu einer einsamen Zweisamkeit macht.

Ich mag keine Abschiede, sagtest du, ein loser Zwirn deines verworrenen Gedankenknäuels; ein Stück, an dem ich mich für den Moment festhalten konnte. Sie fühlen sich alle endgültig an.
Jeder Abschied ist auch ein neuer Anfang. Wenn demjenigen etwas an dir liegt, wird er zurückkehren, sagte ich, und zeigte dir die dargebotene Saat

der Hoffnung, die in meinen offenen Händen sprießte.
Woher willst du wissen, dass derselbe Mensch zurückkehrt?

Und erst heute kann ich die Offenbarung erkennen, die hinter den Silben leuchtete, unter dem klaren Himmel des Jetzt.

Woher willst du wissen, dass nicht schon ein einziger Moment der Trennung ausreicht um einen Fremden zu dir zurückkehren zu lassen? fragtest du.
Weil ich das Fremde nicht mag. Das Unbekannte. Es ist mir unheimlich.
Ist das aber nicht ein Widerspruch in sich? Ein neuer Anfang? Alles Neue ist erst einmal unbekannt... bis es bekannt wird, sagtest du.

Je näher wir deinem erwähltem und meinem angenommenen Ziel kamen, desto mehr Mitreisende reihten sich auf dem asphaltierten Band in der Landschaft ein – ob dieser Ort für sie nur ein Übergang war, ein Zweck zur Erfüllung des Muss-Soll-Darf-Kontinuums oder doch der leuchtende Punkt am Ende einer Reise, ich vermochte es nicht zu sagen. Die eisernen Kästen fügten sich in Form und Glied. Wie Käfer mit schimmernden Panzern, unter der Flockenpracht zu einer einzigen Kreatur geworden, mit einem Willen. Eine Einheit in der Gleichheit. Die Kolonne geriet ins Stocken und für schweigsame Momente hockten wir in Reichweite vom ersehnten Dort, konnten es am Horizont schillern sehen in frühabendlicher Klarheit, doch waren gefangen in den Konventionen des Hier, des Gestern und des Jetzt.

Kannst du dich erinnern, wie ich die Stille zwischen uns – eine zähe Masse, die jedes Wort, jede Silbe in verzerrte Länge zog – mit einer Frage füllen wollte? Eine Frage über das Dich, das deinige Ich, doch du antwortetest mit einem *Wir*. Erinnerst du dich? War es eine in Bedacht geübte Äußerung oder lediglich ein Gedankenstein, der schwer in den See deines Geistes fiel und Kreise zog bis sie überschwappten an das Ufer deiner Realität?

Für einen Moment erzähltest du mir von den Menschen, die den schillernden Kern unter deiner grauen Oberfläche zu sehen bekamen: Von Künstlerkreaturen mit bunten, fliegenden Bändern im wirren Haar, von Narben der Übermut und von Vorsicht, die unterging. Du erzähltest von dem kratzigen Flickenpulli eines vertrauten Geistes, von in Tinte gestochenen Bildern, ganzen Kunstwerken, die tief unter die Haut gingen, und von Freunden mit neckischer Lache, die Worten ihren eigenen Sinnlaut gaben. Das alles machte sie besonders in deinen Augen.

Ich kann mir nicht vorstellen, jeden Tag diesen Weg fahren zu müssen, sagte irgendwann der Verdruss in mir über den Aufschub unseres Zieles; die Minuten, die im lauten Ticktock von unserer Lebensbilanz gestrichen wurden ohne dass wir auch nur einen Schritt vorankamen. Ich mag Routine, verrietst du, es hat etwas sehr Beruhigendes zu wissen was kommt – meinst du nicht?

Die Alltagsgedanken, der Tagein-Tagaus-Trott verwandelte sich in meinem Kopfkino zu einem Filmspann, der ablief in geraffter Eindringlichkeit und mir klarmachte, wie sehr auch ich den gewohnten Handgriff, den geübten Schritt oder dieselbe Fahrrinne des Geistes bevorzugte bevor ich mich an das Ungewisse wagte.

Menschen sind Routinewesen. Warum sich wo anders hinsetzen, wenn der Platz im Halbschatten bequem ist? Warum einen anderen Fleck suchen, wenn das Zuhause doch so schön ist? Warum etwas verändern, wenn es gut ist so wie es ist?
Weil du dann nie weißt, ob etwas anderes nicht doch besser gewesen wäre, entgegnete ich und traf auf dein routinehaftes Schweigen.

Später zog ich das wollene Grau über meine Ohren und verschloss meinen Mantel vor der schneidenden Kälte, die wie tausende kleine Nadelstiche Angriff hielt. Du hattest mich an diesen Ort des heiteren Trubels, der eiligen Gemeinsamkeit geführt. *Public Market Center* thronte in gewohntem Übermaß über der Pforte zur Geschäftigkeit. Ein glanzloses Ziffernblatt daneben verkündete die Stunde, fing dich ein im Moment des Jetzt und zerrte dich weiter in die Zukunft mit unermüdlichem Gleichschritt.

Ich schenkte dir meine Blicke, beobachtete wie du inmitten dieser Menschenüberfülle standest und deine Augen doch verschlossen waren vor den Begebenheiten um dich herum. Deine Gedanken kramten sichtlich geschäftig in vollen Schubladen, um sich doch nicht mit dem nahen Realitätsbild beschäftigen zu müssen.

Wo treffen wir deine Tante? fragte ich. Hier? Zweifel legte sich in einer kratzigen Decke über meine Stimme, obgleich ich frei sein wollte, unberührt.

Ja.

Es ist hier etwas... voll, stellte ich fest.

Sie wird uns schon finden, entgegnetest du und zogst dich mit Eile in den Gedanken wieder zurück auf den staubigen Dachboden deines Geistes.

Mein Blick blieb für einen Moment am Vorabendbildnis hängen; ein zartrosanes, zerrissenes Band streckte sich über das Firmament als hätten zwei Himmelsgötter ein Kräftemessen veranstaltet. Es machte mir einmal mehr die Geringfügigkeit, ja Nichtigkeit des Menschen klar – das Staubkorn Erde in einer Wolke aus Myriaden von Partikeln; Geröll, Eis, Feuer, Diamanten und Dreck.

Wie willst du sicher sein etwas zu finden, wenn du nicht suchst? wollte ich wissen. Der Zufall ist so ein trügerischer Freund.

Als ich meinen Geist aus dem Gedankenstrudel befreite, packte mich das Déjà-vu mit unbarmherziger Erinnerungskraft – obgleich umringt inmitten des freien Tanzes, den die anderen Besucher meines kleinen Universums aufführten, war ich allein: Du warst fort.

Ich blinzelte, in naiver Hoffnung die Wirklichkeitsschau vor mir umgestalten zu können durch den bloßen Pinselschwung meiner Willensstärke, doch erreichte lediglich, dass prickelnde Flüssigkeit in Tropfenform aus meinen Augenwinkeln kroch und meine Sicht vereiste. Nur zwei, drei kleine Bewegungen des Zeitfressers zuvor warst du neben mir gestanden, hattest dich in einer schutzsuchenden Umarmung gehalten. In diesem Moment erwachten die neonroten Großbuchstaben zu Leben und tränkten den Boden zu meinen Füßen bis ich in einer schillernden Magmalache stand.

Wo warst du hin, graues Einhorn?

Hilflos drehte ich mich einmal im Kreis, inmitten des Menschenflusses, der um mich herum strömte; zu mir hin, von mir fort, immer wieder gewillt mich mitzureißen. Meine Augen suchten nach dem grauen Fleck in der schimmernden Masse, doch erkannten sie nur bunte Farbkleckse wohin ich auch sah. Was hatte dich veranlasst meine Seite zu verlassen, wo dir Abschied doch so verhasst war? Eilig suchenden Schrittes betrat ich das Gebäude und wurde sofort bedrängt von Farben und Formen, von Gerüchen und Geräuschen. Ein Regenbogenmeer aus Früchten und Pflanzen, sowie fischiger Meeresduft und asiatische Gewürze in meiner Nase, der rege Austausch der Menge, die Anpreisungen der Händler in tiefem Bass und himmelklaren Tönen.

Winter? Winter!

Innerlich wusste ich, dass es keinen Sinn machte meine Stimme dem Tumult hinzuzufügen, doch plötzlich trieb es mich an Teil zu haben an dem Chaos, und vielleicht etwas loszuwerden von der Anarchie, die in meinem Kopf regierte. Blindlings lief ich in die eine, dann die entgegengesetzte Richtung. Einsame Ein-, Zwei-, Dreisamkeit. Dein Name mischte sich unter die von Geschäftigkeit getriebenen Laute, und Augen fragten mich stumm, aber voller Vorwurf, wieso ich nach etwas rief, das doch schon längst da war.

Mein Körper drehte sich, meine Gedanken gleich mit. Warst du die Fata Morgana meines erschöpften Geistes gewesen, der lediglich einen Anstoß, eine geringfügige Ausrede gebraucht hatte um aus dem Trott seines Alltagsschrittes auszubrechen? Fast war ich gewillt das Irrsinnsurteil der anderen auf mich zu nehmen, nach einem Mädchen zu fragen, das wie ein graues Einhorn aussah, farblos und scheu, wenn es eigene Gewissheit bedeutete nicht dem Irrtum meines Kopfes verfallen zu sein.

Winter, wo bist du?

Ein Knirps wie ein wandelnder Flickenball mit roten Apfelbacken und dunklen Kirschkernaugen reckte seinen Wurstfinger nach mir und ein gehässiges Rasselscheppern verließ seine Kehle. Die Mutter zerrte ihn eilig an der Anorakgurgel aus der Reichweite des jungen Mannes mit dem irren Blick. Ungeachtet der zahlreichen Protestausstöße von außen und innen, quetschte ich mich durch schlangenartige Gänge, die sich durch die Halle wanden, ehe ich wieder auf den Platz hinaus stolperte. Der Wind, mein eisiger Freund, begrüßte mein erhitztes Gesicht und krallte sich an meiner Kleidung fest, mit dem sicheren Vorhaben durch die dicke Stoffschicht bis zu meinem Rippenbogen vorzudringen. Als ich hinauf in den Abendhimmel blickte, diese bröcklige Teerstraße mit den verlorenen Kieseln, entkam ich nicht dem Wunschgedanken meinen unverzüglichen Rücktritt durch die Chitinpanzer-Kolonne anzutreten. Auszuweichen auf den gewohnten, niedergetrampelten Pfad.

Mädchen, geht es dir gut? Die Stimme bohrte sich durch den Wattebausch meines Kopfes, der das Rauschen des menschlichen Irrsinns fast ausblendetet hatte.

Ohne große Mühe erkannte ich die Quelle der Stimme und ihren Grund. Eine alte Dame, gewickelt in die Imitation einer buschigen Tierdecke, stand gebeugt über ein Häufchen aus grauem Stoff. Gehetzt teilte ich die Menge mit meinen Armen, hinterließ Unmut und Verwirrung, doch ich war sofort bei deinem Schlupfeck. Du zittertest wie ein kleiner Setzling mit seinen dünnen Zweigen, ausgesetzt der schieren Kraft von Mutter Naturs Atem. Deine Hände, den Kopf eingeschlossen in einer sicheren Abschirmung gegen die penetrant laute Menschheit, dein Augenlicht verschlossen vor der Außenwelt. Salzige Perlen tropften im stetigen Freifall auf deine luftundurchlässigen Knie. Die Schluchzer von deinen Lippen penetrierten meine Haut und zerrten an meinen Rippen bis es knackte.

Winter! Um Himmels willen! Was ist denn passiert?

Meine Berührung hinterließ ein Beben auf deinem Körper. Rat- und Mutlosigkeit griffen nach meinem Geist, ließen ihn in die eine oder andere Richtung wanken ohne einen Ausweg zu finden. Sag, mein graues Einhorn, spürtest du meine Verzagtheit? Die Verzweiflung, die mich an uns zweifeln ließ?

Erst der Blick von mir hinauf, von allem hinfort, ließ mich die Welt durch deine Augen erkennen. Die wogende, wabernde Masse aus gesichtslosen Fremden. Rotes Haar, blonde Mähne, braune Zotteln; grün und blau und grau; gedrungen und gertenschlank; alter Greis, junges Ding oder unfertiges Kind: Ein Berg, eine Mauer, ein Hindernis wohin du blicktest. In Hast zerrte ich das Grau von meinem Kopf, erleichtert spürend wie meine dunklen Locken ungebremst über meine Ohren taumelten. Und obgleich die bereitwillige, erste Helferin noch immer Wache stand und mir einen mit Verwirrung überschatteten Blick sandte, entledigte ich mich auch meines Mantels, um dann sachte den Griff von deinem Geist zu lösen.

Hey Winter, ich bin's Finn, flüsterte ich in die Gemeinsamkeit unseres Atems.

Ein Schauder flog über deine Brust. In diesem Augenblick sahst du nicht, aber du erkanntest.

Als du deine Augen öffnetest, lag noch immer Asche über deinen Sinnen, das Silber glänzte im traurigen Nass und der Sauerstoff floh im hastigen Austausch über deine bläulichen Lippen, doch ich wusste, dass ich dich erreicht hatte. Deine Fingerspitzen hingen zögernd vor mir in der Luft. Ich sah den Wunsch Berührung zu suchen, doch erst dein schneller Blickesflug verriet mir das Ziel: die Kräusel um meine Ohren, die Kiesel auf meinen Händen, die Art wie ich deinen Namen in die Welt entließ.

Wo warst du? fragtest du; ein hastiger Atemstoß.
Ich war die ganze Zeit hier. Wo bist du hin?
Auf einmal warst du weg! entgegnetest du.

Mit der Vorsichtigkeit gegenüber einem von dem Irrsinn der Menschheit verschreckten Tieres, zog ich dich sacht zurück auf deine Füße; hinaus aus dem Erker deines Geistes und aus der eisigen Umklammerung der Erde.

So wie sie alle weg sind. Immer wieder, murmeltest du.

Die Erkenntnis fiel nieder auf mich mitsamt dem rieselnden Weiß; auf mein Haupt, meine Schultern und meine Finger; aufgenommen von meiner Haut in der Winzigkeit einer kleinen Weile. Die Asche, die ich auf deinen Pupillen gesehen hatte, die Scheu vor dem direkten Blick, und deine Antworten – endgültig ein Mosaik, das sich zusammenfügte zu einem traurig-schönen Kunstwerk. Wie deutlich war der Moment als ich verstand? Mit welcher neuerlichen Sorge beobachtetest du wie das Verständnis sich in meinem Geist niederließ?

So ist es. Dein Augenlicht lodert in einer kleinen Flamme, schutzlos vor dem harschen Windstoß, einem verständnislosen Atemzug; nicht ohne Sicht und doch bist du blind. Das Fremde, dein einziger Freund, der ständig an deiner Seite weilt.

Du erkennst keine Gesichter. Keine Menschen, sagte ich.

In diesem Moment verstand ich. Ich verstand, warum du so trüb warst, warum alles an dir unscheinbar und farblos war, warum du mit Vorliebe der graue Geist bliebst in einer von Äußerlichkeiten regierten Menschheit – dem immerwährenden Kampf auffallender und greller zu sein als der nächste. So wie dein Blick auch auf niemanden fiel, wolltest auch du nicht gesehen werden, nicht berührt werden von dem Fremden, dem Neuen Tag für Tag.

Deshalb magst du keine Abschiede...
...weil jeder endgültig ist, wispertest du und dein Lebenshauch trug das Geständnis zwischen uns, wo es auf deiner Handfläche zur Ruhe kam. Ein sachtes Zittern begleitete meine Worte. Noch hieltst du es gefangen im Schutze deiner isolierenden Hülle, doch vielleicht warst du ja bereit loszulassen, es in die weite Welt zu schicken.

Weil jedes Hallo auch eine neue Begegnung ist.

Deshalb sprichst du niemanden an, hältst nach niemandem Ausschau. Sie sollen dich erkennen—
Ein neuerliches Flattern, aufgeregt diesmal.
Weil jeder ein Fremder ist.

Und deshalb hast du mich ausgesucht, schloss ich, der sachte Akzent der Andersartigkeit in meiner Stimme verlieh jeder Silbe eine kantige Erkennbarkeit. Die Asche in deinen Augen und mein Licht fielen auf meine Hände, bedeckt von Kieseln, die alle eine ganz eigene Geschichte erzählten. Ein von Vorsicht getragenes Lächeln fand die Wölbung deines Mundes.

Du hast vielleicht kein einzigartiges Gesicht für mich, aber ich werde mich immer an das Blau auf deinen Händen erinnern.

Warum wolltest du überhaupt hierher? fragte ich. Existiert diese krebskranke Tante überhaupt?
Sie existiert und sie hat Krebs, wenn das deine Frage war. Aber wahrscheinlich war sie nur Mittel zum Zweck. Ich wollte einfach mal raus.

Weg von Zuhause, weg von allem, was versuchte mich zu definieren. Ich wollte mich treiben lassen, selbst voran treiben. Ich wollte loslassen, sagtest du. Und wenn du möchtest, dann kannst du sie noch immer treffen. Sie wird deine Hände mögen, so wie ich.

Und damit öffnetest du das Gefängnis deiner Finger, mein graues Einhorn, meine Fata Morgana, mein Sternenkind. Dein Geheimnis breitete seine blassbunten Schwingen aus und flog hinauf gen Himmel, wo es aufgenommen wurde zwischen all den unbewältigten Ängsten, aufgeschobenen Taten, unausgesprochenen Wahrheiten und vernachlässigten Träumen.

Ich lege das Schreibgerät nieder; ein neuerlicher Tintenkiesel hatte seinen Weg zu den anderen gefunden, reihte sich ein in die Ein-, Zwei-, Mehrsamkeit. Er ist noch ganz frisch und im künstlichen Licht der Kaffeestube schimmert er ein klein wenig grau, wenn ich blinzele und meinen Kopf schieflege. Mit nicht verdienter Verachtung bestrafe ich den dicken Wälzer in meinem Sichtfeld; der mit dem Staub in seinen Worten, dessen Seiten mich einsperren wollen, gefangen halten in einer Welt voller gefühlloser Paragraphen. Stattdessen halten diese Blätter meine Zuneigung, die ich mit Wortklecksen und Leben fülle.

Mein schaulustiges Augenpaar huscht über die Einzigartigkeit der Reflexion im gegenübergestellten Glas, ehe es das rote Dächlein, den Neonpunkt im rein weißen Schneetreiben sucht. Es flattert hinüber, hin- und hergerissen von dem kalten Atem der Flockenpracht. Dort wo dein Wesen Spuren im Schnee hinterlassen hat. Doch du bist fort, mein kleines, graues Einhorn, hinfortgetragen von einer eisigen Böe.

Losgelassen.

Sara Zinser, vorgestellt von Verena Rabus

Sara, geboren 1987, schreibt gerade ihre Masterarbeit in in American Studies an der LMU. Sie ist ein Münchner Kindl, das sich gleichermaßen in den USA zuhause fühlt. Sie kann sich zwar auf Japanisch, Spanisch oder in Gebärdensprache verständigen – notfalls auch mit Karate – schreiben tut sie aber am liebsten auf Englisch. Und manchmal, wenn wir Glück haben wie hier, auch in ihrer Muttersprache Deutsch. Sara ist Fan von Cormac McCarthy und Aldous Huxley, würde jedoch viel lieber in Los Angeles leben als in einer Dystopie.

Eiswürfeln

Verena Rabus

Aufwachen. Vor dem ersten Gedanken, kommt der erste Atemzug. Begleitet von einem stechenden Schmerz, der über jede einzelne Rippe trampelt. Scheiße, was ist passiert? Die Nase ist zu. Warm, taub, fremd irgendwie, als wäre sie ins Koma gefallen. Altes Blut klebt im Rachen, ist auf den Lippen angetrocknet. Die Zunge ekelt sich schon vor sich selbst. Und der ganze Hals brennt, als hätte man fünf Flaschen Wodka vernichtet. Beim Versuch die Augen zu öffnen, zucken tausend Volt durch die Schläfen, projizieren Sternchen ins Blickfeld. Sie wegzublinzeln ist mühsam. Dahinter der vertraute Vorhang. Zuhause. Na immerhin. Langsam läuft in der matschigen Birne der Film an, spult dann bis zum Ende vor, das keines ist. Einzelne, scharfe Bilder in der trüben Kontextbrühe. Fuck! Haben wir uns geschrieben? Haben wir uns gesehen? Hab ich's verkackt? Wo ist mein Handy?

Es ist 14 Uhr 30. Zeit für eine kleine Bestandsaufnahme. Auf dem Boden, vor dem Bett liegen in einer Reihe: Geldbeutel, Jeans, Schuhe, ein Eimer, leer, eine Flasche Wasser, voll. Wasser! Danke, Alex. Dazwischen blutige Taschentücher. Kein Handy. Vielleicht besser so. Das Aufstehen dauert ein bisschen. Die Sternchen sind zurück und halten sich hartnäckig. Ich lasse sie mein T-Shirt bestrahlen. Es ist rot gesprenkelt. Wie nach einem Axt-Mord. Blut, Bloody-Mary, wohl beides. Fast wundere ich mich, dass meine Füße nicht wehtun. Noch nicht. Dann renne ich gegen den Eimer, torkele weiter ins Bad, durch die Sterne hindurch vor den Spiegel. Das, was die Nase sein soll: geschwollen und blutverkrustet. Rote Augen, blaue Flecken. Kein Schock. Ich sehe ziemlich genau so aus, wie ich mich fühle. Ich hänge mich vor den Wasserhahn, trinke noch einen Liter, werfe einen zweiten Blick in den Spiegel – und erschrecke mich doch. Schaut übel aus. Als hätte ich mich geschlagen. Vollkommen absurd! Mein Lachen bleibt an den Rippen hängen. War wohl eher ein Unfall. Soll ich zum Arzt? Zur Polizei? Keine Ahnung. Erst mal duschen.

Ich packe mich dick ein und schleppe mich über die Straße. Alex macht mir auf. Sie trägt ihr albernes Garfield-Schlafshirt und überzeugende Gleichgültigkeit in ihren Glubschaugen.

„Komm rein." Schuhe ausziehen war noch nie so schmerzhaft. Ich hätte sie angelassen, hätten sie nicht auch was vom Bloody-Mary-Massaker abbekommen gehabt.

„Blöde Frage, aber … hast du mein Handy?"

„Nein, hab ich nicht. Aber weit kann es ja nicht sein."

Ich folge ihr wortlos in die Küche und ärgere mich über mich selbst. Sie setzt sich vor ihr halb fertiges Kreuzworträtsel.

„Du weißt echt überhaupt nix mehr, oder? Wundert mich nicht.", sie zählt unbeirrt Kästchen und kritzelt Buchstaben rein. Meine Lust auf Ratespielchen hält sich in Grenzen.

„Ja. Also. Tut mir leid, falls ich, ja … anstrengend war oder so."

Alex zieht kurz ihre Augenbrauen nach oben und nippt dann an ihrem Kaffee, als wäre alles in bester Ordnung. Nur mein Gesicht sieht ganz und gar nicht danach aus.

„Wie ist das hier eigentlich passiert?"

„Deine Nase?", sie lässt die Kästchen kurz aus den Augen.

Ja, das unübersehbare, rote, geschwollene Ding mittig in meiner Fresse!

„Wirst dir halt gebrochen haben, weiß auch nicht. Ich war nicht dabei."

„Wo warst du dann?"

„Die Frage ist, wo warst du! Nachdem du um Zehn schon aus dem Condo abgehauen bist …"

„Oh. Ok. Aber … du hast mich dann heimgebracht?"

„Klar."

Sie lässt mich warten, bis sie sich ihre zweite Tasse Kaffee geholt hat. Der Kugelschreiber gibt bei der Hauptstadt mit sechs Buchstaben endlich den Geist auf.

„Irgendeine Jana hat mich um halb fünf oder so angerufen und gefragt, ob ich dich heimbringen kann. Ihr wart im Desaster. Und du hättest dich mit einer Stripperin geprügelt oder so."

„Was?! Das hat sie dir erzählt? Also Jana?"

„Keine Ahnung. Ja, hat sie. Ich kenn diese Jana nicht. Jedenfalls war sie im Gegensatz zu dir noch einigermaßen zurechnungsfähig."

„Und sonst hat sie nix gesagt? Ich mein, warum sollte ich …"

„Nö." Alex schweigt. Und es scheint ihr Spaß zu machen.

„Ja dann … danke fürs Heimbringen. Du hast was gut bei mir."

„Ich weiß." Sie schweigt noch eine Runde, krallt sich den Kugelschreiber, kratzt damit ein unsichtbares A aufs Papier und wirft ihn übertrieben laut auf den Tisch.

„Bist du mir böse jetzt?", frag ich sie.

„Nein. Warum sollte ich." Sie starrt auf ein P, dass mal ein K war – oder auch ein R. Dann fängt sie wieder an zu zählen und flucht …

„Mist!"

„Was?"

„Ach … hätte doch reingepasst. Egal. War's wenigstens lustig gestern?"
Ernsthaft jetzt?

„Ich hab doch gesagt, dass ich mich an nix erinnern kann!"

„Ach so. Ja stimmt."

Sie steht auf, schaut noch mal auf meine Nase und holt einen anderen Kugelschreiber. „Was für ein scheiß Sonntag." Ja, das Gefühl hab ich auch.

Ein scheiß kalter Sonntag. Der Schneematsch würzt den restlichen Bloody Mary mit Streusalz bevor er meine Socken angreift. Ich sollte mir mal ordentliche Winterschuhe kaufen. Stiefel oder so. Desaster. Stimmt, ich war im Desaster. Ich war alleine, als ich ankam und schon ziemlich betrunken. Keine Probleme mit dem Türsteher. Dann bin ich an die Bar und hab auf Simon gewartet. Er ist nicht gekommen. Nicht sofort und auch nicht zehn Minuten später. Ok, vielleicht waren es auch nur fünf. Sorry, aber mehr Geduld hab ich nun mal nicht Samstagnacht. Außerdem war der Barkeeper ein arrogantes Arschloch. So sah er schon aus. Zu cool für alle. Jedenfalls bin ich auf die Tanzfläche geflüchtet. Da muss ich dann auf Jana getroffen sein. Ja … sie hatte lange, dunkelblonde Haare und sie hat lustig getanzt, glaube ich. Irgendwie kam ich sehr gelegen, da ihr ein nerviger Gnom am Hintern klebte. Dann haben wir was getrunken. Tequila, einen, oder zwei. Drei? Wieder getanzt. Sie hat mich geküsst – hat sie das? Nein. Vielleicht. Hm. An eine Stripperin kann ich mich auch absolut nicht erinnern. Was soll eine Stripperin im Desaster! Und dann … keine Ahnung was dann. Ging wohl steil abwärts.

Mich juckt was an der Nase. Sie lebt noch! Reflexartig fasse ich mit meinen Fingern drauf, so unkontrolliert, dass ich genauso gut gegen eine Hauswand hätte laufen können. Ganz toll. Jetzt ist sie endgültig aus dem Koma erwacht und schreit nach Schmerzmitteln. Ich muss eine rauchen. Jetzt. Meine Schuhe saugen schmatzend das Schneewasser auf, als hätten sie ebenfalls einen mega Brand von gestern. Dabei reicht mir meiner schon. Schnell zum Automaten an der Ecke vorn, solange ich damit noch laufen kann. Im Geldbeutel: Nur Kleinscheiß – und vor allem keine EC-Karte! Fuck! Wo ist meine Karte?! Nicht auch das noch! Hab ich gestern noch Kippen geholt?! Wo?! Hier?! Verdammt! Sie steckt noch! Gott. Erst mal durchatmen. Karte ist wieder da. Alles gut. Das Geld reicht trotzdem nicht. So ein Vollrausch ist teuer.

Kein Stress. Dann geh ich eben zu Luis. Wollte ich sowieso noch. Außerdem hab ich gerade die optimale Optik, um Sonntagskaffeetanten zu verstören. Luis steht hinter der Theke und zapft Cappuccinos, die Frisur sitzt, keine Spur von Augenringen. Unfair, sowas.

„Morgen, Luis."

„Hi ... was ist denn mit dir passiert? Hat Alex nicht auf dich aufgepasst?"

„Ich hab keine Ahnung was passiert ist. Und nein, Alex ist nicht mein Babysitter."

„Dein Wachhund? Haha."

„Das ist gerade überhaupt nicht witzig, Luis. Sag mal, hast du Kippen für mich?"

„Du schuldest mir noch zwei Schachteln oder so. Aber gut, weil du es bist." Mitleidsbonus heute. Er reicht mir eine rüber und ein Glas Leitungswasser hinterher. Schneller getrunken, als serviert. Dass ihn meine demolierte Nase irritiert, überspielt er gekonnt mit einem strahlenden Lächeln, das er dann gleich an die dauergewellte Dame mit der Käse-Sahne weiterschenkt. Was tut man nicht alles für ein bisschen Trinkgeld.

„Du warst noch im Desaster gestern?"

„Ja, war wohl keine gute Idee."

„Ich wollte eigentlich noch nachkommen, aber ..."

„Ja?"

„Ich wollte mich dann doch nicht mit dir prügeln. Haha." Um meinem genervten Blick zu entgehen, widmet er sich wieder seinen Kaffeekreationen und gießt Milchschaumherzchen in die Tassen. Locker aus dem Handgelenk. Sehr beeindruckend. Sehr kitschig.

„Oh und außerdem ist mir gestern noch was Schnuckeliges dazwischengekommen."

„Achso." Seine 1.156ste Eroberung ...

„Ich wette, du kennst sie ..."

„Kann sein." Jemand sollte den Kaffee servieren.

„Echt heiß. Ich sag's dir!" Ist der Kaffee gleich nicht mehr. Schade drum. Ihre dunklen Locken, haha ... ich lasse ihn reden, und schaue zu, wie die Herzchen langsam verschwimmen ... ihre großen blauen Augen, hahaha ... bald ist nichts mehr zu erkennen. Alles futsch, wie meine Erinnerung. Da kann auch Luis nix mehr machen. Aber das scheint ihm sowieso ziemlich egal zu sein. ... ihre sexy Cowboystiefel. Haha.

Mein Haha bleibt mir gerade im Hals stecken.

„Was?! Alex?!"

„Ja, ich glaub, so heißt sie." Er serviert endlich den Kaffee. Freudestrahlend.

„Aber … !" Alex hasst doch Luis! Da lass ich sie einmal alleine im Condo und dann sowas! Und sie sagt mir kein Wort.

„Hättest du mal besser auf sie aufgepasst. Haha."

„Als ob irgendwer vor dir sicher wäre, Luis."

„Tja." Er greift zum Kännchen. Jetzt sind die nächsten Herzchen dran.

„Simon hat mir übrigens noch geschrieben gestern. Du wurdest von einer Domina angegriffen und hättest den Security aufs Kreuz gelegt oder so. Haha. Aber der labert ja immer Mist, wenn er dicht ist."

„Eine Domina. Und den Security auch? Klar, trau ich mir absolut zu." Vorhin war's noch eine Stripperin. Interessant. Hab ich jetzt Hausverbot? Und die schönen Herzchen lässt Luis schon wieder stehen. So wird das nix.

„Oh, und wegen Simon … läuft da jetzt eigentlich was?" Hat er mich gerade was gefragt? „Also zwischen ihm und seiner neuen Mitbewohnerin?" Ja, hat er. Ich zucke mit den Schultern. Was weiß ich denn!

„Die ist echt ziemlich heiß. Jana heißt sie, oder so. War die dabei gestern?" Jana, Mitbewohnerin, Simon. Mein Hirn fängt wieder an zu arbeiten, der Schmerz in meiner Nase wird unerträglich und mir wird schlecht. Ich fummle die Folie von der Schachtel. Um meine Schuhe hat sich eine dreckige Pfütze gebildet.

„Äh, ja. Die war auch da."

„Ja? Und?"

„Jana … nein, denk nicht, dass da was läuft mit Simon." Höchstens mit mir.

Ich hol eine Kippe raus und lös mich schneller auf, als der letzte Rest Milchschaum vor mir. Das heißt, ich laufe in die Seitenstraße und mach den Mülleimer mit meinem Mageninhalt vertraut. Vielleicht doch erst mal keine rauchen. Sondern nach Hause. Meine Füße wären auch dafür.

Ich lasse mich in Extrem-Slow-Motion auf mein Bett plumpsen. Der einzig richtige Ort für so einen Sonntag. Warum bin ich überhaupt aufgestanden? Mein Handy ist immer noch weg. Mein Gesicht sieht immer noch nach Boxkampf aus. Alex ist sauer. Luis redet eh nur Mist. Meine Gedächtnislücken halten sich hartnäckig und ich darf mir jetzt meinen verkaterten Kopf zerbrechen. Bah. Dann besser gleich gar nix wissen. Augen zu – und alles wieder vergessen. Das wäre schön jetzt. Meine Füße werden endlich warm … und schwer. Jana tanzt in meinem Kopf rum. Sie drückt mich gegen die Wand und küsst mich. „Wo ist Simon?", frage ich sie. Sie lacht. Nein, Simon lacht mich an. Lacht mich aus? Ich küsse ihn. Nochmal. Seine braunen Augen, werden grau. Jana steht wieder vor mir, aber sie hat jetzt eine pinke Perücke auf und eine Peitsche dabei. Ich reiße mich los. Sie packt mich an den Haaren. Ich sehe Alex an der Bar und schrei nach ihr. Keine Reaktion. Sie macht dem Barkeeper schöne Augen. Nein, kein Barkeeper. Ein Clown! Er serviert ihr ein Stück Käse-Sahne. Dann stellt er drei Cappuccinos auf die Theke, kotzt Herzchen rein und zeigt seine Milchschaum-weißen Zähne. Luis? Dann sehen sie mich. Er flüstert ihr etwas ins Ohr. „Hauptstadt mit sechs Buchstaben!", schreit sie. „Sechs Buchstaben! Jetzt sag's mir schon! Sag's mir!" Vor mir fängt ein fetter Security an, an der Stange zu tanzen. Hoffentlich zieht er sich nicht aus. „Wo bleibt Simon, verdammt!" Jana lacht. Ihre Schneidezähne sind weg! Dann schüttet sie mir genüsslich einen Bloody-Mary über den Kopf, über ihr Kleid, über meine Schuhe. Der Security reißt die Stange aus der Verankerung und watschelt auf uns zu. Jana läuft kreischend weg. Alex fängt an zu bellen. Nein. Ist doch nur der Hund vom Nachbarn. Ich mach die Augen auf. Es ist schon dunkel draußen. 18 Uhr 05, sagt mein Wecker. Ich sollte mal was essen, sagt mein Magen.

Ich schlurfe zum Kühlschrank. Natürlich weiß ich genau, dass nix drin ist. Aber ich schau trotzdem rein, aus Gewohnheit, aus Überlebensinstinkt, weil ich Déjà-Vus mag: Ein abgestandener Rest Cola, Ketchup, Butter, eine halbmatschige Tomate … ein Handy! Mein Handy! Nein. Nicht mein Handy. Wessen Handy dann? Und wer hat dann meins? Ach Mann … ich bin doch nicht Sherlock Holmes. Ich wollte nach Essen suchen, nicht nach Spuren. Wenigstens ist noch Toast da.

Hilft wohl alles nix. Ich muss wieder in meine versifften Schuhe rein und mich auf den Weg zu Simon machen oder Jana. Ach, ist in dem Fall eh das Gleiche. Noch ein letzter Blick in den Spiegel. Die Schwellung geht nur langsam zurück. Aus Blau wird Lila, an manchen Stellen schon leicht Grün. Ein schönes Grün. Das Handy nehme ich mal mit. Vielleicht will ja jemand gegen meins tauschen.

Der Bus kommt. „Nach Ihnen!", sagt die Oma mit dem Rollator und bereut es im nächsten Moment. Die Tür geht auf und die Festbeleuchtung drinnen drischt mit voller Wucht auf mein Hirn ein, knipst die Sterne wieder an und ein paar mehr dazu. Ich weiß gar nicht mehr, wo oben und unten ist, bis sie mir hilfsbereit gegen die Hacken fährt. Rein da. Hinsetzen. Festhalten. Vorsichtig die Augen wieder auf. Da sehe ich auch schon das Gesicht vom Arschlochbarkeeper. Und weil ich ihn zwei Sekunden zu lang anblinzle, erkennt er mich auch noch. Ich könnte mir gerade selber eine reinhauen. Aber ist ja nicht mehr nötig. Zum Aussteigen ist es auch zu spät, bei meiner Geschwindigkeit. Da muss ich jetzt durch.

„Hey! Du! Du warst doch gestern im Desaster!" Was du nicht sagst.

„Boah echt Alter war das krass, was du da abgezogen hast!", brüllt er durch den halben Bus.

„Ach ja? Was hab ich denn 'abgezogen'?" Wenn er mir jetzt mit einer Stripperin oder einer Domina kommt …

„Ja als dich da die Aggro-Lesbe …" Achso, jetzt war's 'ne Aggro-Lesbe.

„Wie … ?"

„Ja die hat 'nen Zahn verloren!"

„Wegen … wegen mir?"

„Nee, nicht direkt. Wegen der Stange!" Geht's vielleicht auch in ganzen Sätzen?

„Dann hat sie den Security geholt … Aber auf den bist du ja dann mit der Box drauf. Sah echt heftig aus, wie du da in der Luft … Ich muss raus hier. Ciao. Ich hoffe, das zahlt deine Versicherung." Box, Stange, hä? Und weg ist er. Wahrscheinlich hab ich doch Hausverbot.

Simon macht mir auf. Ich will gar nicht dran denken, wie katastrophal ich aussehe.

„Hey."

„Hey." Er scheint schon mal nicht böse auf mich zu sein.

„Jana hat vorhin schon nach dir gefragt, aber jetzt ist sie gerade weg."

„Achso, ok." Er dreht sich um und geht in sein Zimmer. Ich folge mit Abstand, lass die Schuhe lieber an. Man weiß ja nie.

Ich hab das Gefühl mich entschuldigen zu müssen, nur weiß ich nicht recht für was. Also stehen wir blöd im Raum rum.

„Es tut mir leid.", sage ich vorsichtshalber.

„Was tut dir leid?" Hm.

„Das mit Jana, zum Beispiel. Ich wusste nicht, dass sie deine Mitbewohnerin ist."

„Ja, und?" Er versteht nicht ganz.

„Na weil Luis gemeint hat, du stehst auf deine Mitbewohnerin?"

„Ach Luis. Hör doch nicht auf Luis! Nur weil er sie so heiß findet. Aber Jana steht nur auf Frauen. Das weiß er nur noch nicht. Woher auch." Jetzt versteh ich nicht mehr ganz.

„Und ich dachte schon, du bist mir böse, weil du denkst ich mach das mit Absicht."

„Nein. Ich bin dir ganz und gar nicht böse, wenn du bisschen mit Jana rummachst." Er findet das auch noch gut?! Ok … alles halb so wild.

„Du solltest nur aufpassen, das nächste Mal, dass ihre Ex das nicht wieder mitkriegt."

„Die Domina-Stripperin?!" Simon kriegt sich nicht mehr ein vor Lachen.

„Ja was weiß ich! Ich kann mich ja nicht mehr dran erinnern! Luis hat Domina gesagt!"

„So ähnlich sah sie auch aus, mit ihrem Nieten-BH-Top oder was auch immer das war. Sie hat euch zusammen gesehen, ist eifersüchtig geworden und dann …" Er grinst mich an. Und was dann?!

„Wollte sie dich auspeitschen!" Er klapst mir auf den Arsch, zieht mich auf sein Bett und lacht. Ich lache mit, aus Verzweiflung. Meine Nase wünscht sich zurück ins Koma.

„Kannst du mir bitte einfach nur sagen, was passiert ist! Bitte!"

„Ok. Sie wollte dir deinen Bloody-Mary drüber schütten. Hat aber nicht ganz getroffen. Du hast sie dann geschubst und sie ist ziemlich ungünstig mit dem Gesicht gegen so 'ne Tanzstange gefallen."

„Oh Mist. Die Arme!" Gab es doch was für die Zahnfee …

„Ja, so schlimm war's jetzt auch nicht. Aber der Security wollte dich trotzdem gleich rauswerfen. Und du bist dann …" Er kann schon wieder nicht mehr reden, vor lauter Lachen. Immerhin war ich unterhaltsam gestern.

„Du bist dann auf das DJ-Pult hochgestiegen und hast dich an eine der Boxen drangehängt. Du weißt schon, die großen, die an den Ketten baumeln." Was zur Hölle …

„Wie soll das denn gehen?!" Betrunkenenlogik.

„Ja gar nicht! Der Security hat an deinen Beinen gezogen, die Ketten hat es rausgerissen und du bist mitsamt der Box auf ihn draufgefallen. Sah ziemlich, ja, spektakulär aus. Nur die Box ist dir dann voll ins Gesicht."

„Ach du scheiße. Und du hast das alles gesehen?"

„Ich kam pünktlich zur Vorstellung."

„Und du hast nix gemacht?"

„Hey komm! Ich bin doch nicht lebensmüde! Ich wollte dich verarzten, aber Jana hat dich ja gleich ins Mädchenklo gezerrt." Mensch, Jana!

„Schade." Er küsst mich. Praktischerweise hat man da die Augen zu. Nase zu ist nicht ganz so günstig. Da fällt mir ein …

„Mmh … weißt du zufälligerweise, wo mein Handy ist?"

„Deswegen erreich ich dich nicht! Nein. Hast du es verloren gestern?"

„Ja, so mehr oder weniger."

„Wie kann man was mehr oder weniger verlieren?"

„Ich hab ein anderes Handy gefunden heute, bei mir. Im Kühlschrank."

Ein weiterer Lachanfall wirft ihn auf den Rücken.

„Ja ist ja schon gut! Ich weiß das hört sich komisch an."

„Minimal." Ich halte ihm das Handy vor die Nase.

„Das gehört eindeutig Jana. Lässt sie oft in der Küche liegen."
Jetzt muss ich nur noch beten, dass sie meins hat.

Eine Viertelstunde später kommt sie zur Tür rein. Simon kann sich natürlich nicht zurückhalten.

„Hey Jana! Sie hat dein Handy mitgebracht! Ganz frisch, aus'm Kühlschrank!"

„Was? Gib her!"

„Hi erst mal." Sie schnappt sich ihr Handy und drückt mir meins in die Hand. Die Fragezeichen auf ihrer Stirn sind so groß wie meine. Beruhigend. Oder auch nicht.

„Ich hab auch keine Ahnung, was das sollte mit den Handys ... Tut das noch sehr weh?"

„Was?"

„Deine Nase und so."

„Ja, schon ziemlich. Wenigstens weiß ich inzwischen, wie das passiert ist."

„Oh. Aber du weißt schon noch, wer ich bin, oder?"

„Ja, Jana, weiß ich." Das scheint sie sehr zu freuen.

„Das mit meiner Exfreundin tut mir so leid. Echt! Ich hab sie einfach nicht erkannt. Und dass sie dann auch noch so ausrastet! Dabei lief doch nicht mal was zwischen uns." Wie? Haben wir nicht rumgemacht?

„Habt ihr nicht rumgemacht?", fragt sich auch Simon.

„Nein? Wir haben getanzt? Aber sonst ..." Jana schaut verwirrt in meine Richtung.

„Ahhh! Jetzt weiß ich's wieder!" War sie noch betrunkener als ich? Nein. Ist aus medizinischer Sicht wahrscheinlich nicht möglich.

„Es sah nur so aus!"

„Es sah ziemlich so aus!", bestätigt er.

„Voll doof, ich wollte dir eigentlich nur das Eiswürfelspiel zeigen! Klar sieht das so aus, als würde man knutschen, wenn man nur zu zweit ist ..."
Eiswürfelspiel? Hilfe! Simon ist auch ziemlich irritiert und fragt vorsichtshalber nach.

„Soll ich euch besser alleine lassen?"

„Nein, Simon. Ist ganz harmlos! Man muss halt einen Eiswürfel mit dem Mund an jemand anderes weitergeben. Total bescheuert, eigentlich. Und das wollte ich ihr, naja, demonstrieren." Hm, hört sich banal an, hat aber einen bleibenden Eindruck hinterlassen. Vor allem in meinem Gesicht. Und bei Simon.

„Also, ich hätte Eiswürfel da ..." Er grinst mich an. Die Idee gefällt ihm jetzt.

„Ja! Bitte bring sie!", sag ich. Und das meine ich ernst. Jana lacht nur. Simon rührt sich auch nicht. Dann hole ich sie eben selber.

Mann, tut das gut! Hätte ich auch mal früher drauf kommen können, meine Nase zu kühlen.

Verena Rabus, vorgestellt von Sophia Thomsen

Verena Rabus wurde 1989 in Straubing geboren. Das Lebensgefühl, das sie von dort mitbrachte, verbindet sie mit allen Straubingern dieser Welt. Sie studierte Deutsch-Französische Studien in Regensburg und Clermont-Ferrand, aktuell arbeitet sie an ihrem Master für Romanistik an der LMU. Neben Erzählungen entstehen Textexperimente verschiedener Art. Sie schreibt Tagebuch, verfasst Lyrik, Songtexte und Drehbücher. Aus den Sedimenten dieser diversen Tätigkeiten bricht sie dann die besten Stücke heraus. Als Texterin hat sie ihren Blick fürs Detail geschärft und gelernt, Dinge auf den Punkt zu bringen. Ihre Sprache ist knapp und prägnant, und immer wieder schleicht sich ein abgründiger Humor ein.

Das Gute Leben

Sophia Thomsen

Patagonien

Ein Felsmassiv stürzt in den leeren Himmel von Patagonien. Auf der Rückseite steht: Ich hoffe, mit den Zwischenmietern klappt alles. Hier ist es ziemlich windig. Die Arbeit läuft gut. Gruß, Carsten. Dahinter ein länglicher Umschlag - gelb, etwas Amtliches, in dem schmalen Lichtstreifen, der durch die Briefkastentür fällt, erkennt man deutlich die Farbe. Ein Plastikschild an der Außenseite des Briefkastens nennt einen Namen – A. Manetta – ein Aufkleber besagt, dass Werbung unerwünscht ist. Darunter hat jemand mit Kugelschreiber auf einen abgerissenen Streifen Klebeband geschrieben: Fam. Beck.

In dem Brief steht eine unumstößliche Tatsache, Marlene Beck wird zum Haftantritt geladen, ein Datum in zwei Wochen. Es nützt also nichts, wenn Frau Beck ihn ignoriert. Schließlich wird Herr Manetta, zwischen Pflichtbewusstsein und dem Wunsch nach Diskretion schwankend, doch neben der an ihn adressierten Karte auch den Brief an sich nehmen, ihn in einem unbeobachteten Moment auf den Esstisch von Frau Beck legen, und weiter so tun, als wüsste er von nichts. Dort wird der Brief auf geheimnisvolle Weise binnen kürzester Zeit von Prospekten, Rechnungen und Schulheften, auf denen Timo Beck 2c steht, überwuchert werden, und nur gelegentlich, wenn weitere Dinge von der eine Seite des Tisches auf die andere geschoben werden, um Platz zum Essen zu schaffen, blitzt eine stumpfgelbe Ecke hervor. Jemand wird ihn schon noch öffnen. Dabei ist schon viel zu viel Zeit vergangen.

Nacht

Obwohl Timo schon groß ist, macht er seit einiger Zeit wieder ins Bett. Wenn ihn die Nässe aus dem Schlaf reißt, horcht er, bevor er die Decke zurückschlägt, auf die kleinen Schnarchlaute seines großen Bruders und das tröstliche Qietschen, wenn dieser sich im Schlaf auf dem schmalen Klappbett dreht und vergeblich versucht, Platz für seine Arme zu schaffen. Timo streift die Pyjamahose mit den Füßen ab, dann streckt er zögernd seine Hände aus, als könnten sie sich von seinem Körper lösen und verschwinden. Nichts ist, wie es bei Licht erscheint, und man muss vorsichtig sein. Wände entziehen sich auf geheimnisvolle Weise, an anderer Stelle springen schmerzhaft Kanten hervor und in jedem Winkel lauert etwas - bereit, hervorzuschnellen und zuzubeißen. Timo spürt den Sisalläufer im Flur, Stahlwolle für Kindersohlen. Wenn es ihm gelingt, die Tür mit dem Glaseinsatz nur so weit zu öffnen, dass er sich gerade hindurchzwängen kann, kann die Dunkelheit hinter ihm sich nicht hineinwinden, und er ist in Sicherheit. Dann umfängt ihn ganz der Geruch seiner Mutter, nach ihrem Körper und nach Zigaretten. Meistens wird sie nicht richtig wach, mit einem Schnaufen rollt sie gerade so weit zur Seite, dass eine Höhle unter ihrem Arm entsteht, er schmiegt sich in den glühenden Himmel aus Sommersprossen und presst sich so nah wie möglich an sie, während seine Oberschenkel allmählich trocknen. Vielleicht murmelt sie kurz seinen Namen, dreht sich noch einmal um und begräbt ihn fast unter einem schweren Arm oder Bein, wirbelt ihm einen Schwung Haare ins Gesicht und atmet in seine rosige Ohrmuschel. Die Stunden bis zum Morgen sind glücklich.

Seit Marlene und ihre beiden Söhne aus der alten Wohnung ausziehen mussten, bewohnen sie zwei Zimmer bei Herrn Manetta. Das größere Zimmer ist als Wohnküche hergerichtet, an der Spüle drängeln Timo und Sascha abends beim Zähneputzen, auf dem Sofa beim Esstisch schläft Marlene. Das eigentliche Schlafzimmer, ein schmaler Schlauch mit einem weiten Blick über die Stadtwiese, teilen sich Timo und Sascha. Sascha ist aufgeschossen in der letzten Zeit, er findet sich schwer zurecht in dem Körper, der ihm zu groß ist, und in dem Zuhause, dass ihm zu klein ist. Herr Manetta ist ein zierlicher alter Mann, gepflegt und leise, und hätte für die Zwischenzeit gerne andere Mieter gehabt. Am liebsten wieder einen Doktoranden wie Carsten, schmal, gehemmt und pedantisch, den Blick stets auf die Arbeit gesenkt, den Kopf noch tiefer unter der Erde, bei seinen Oxiden und Carbonaten und Silicaten, zwischen den zu Strukturgittern erstarrten Dramen der letzten Jahrmillionen.
Gerade lässt er das Wasser im Bad laufen, während in seiner eigenen kleinen Küche zischend und blubbernd starker Kaffee in der alten Aluminiumkanne aufsteigt. Herr Manetta strafft mit der einen Hand seine Wange und zieht mit der anderen gemessene Bahnen durch den Schaum - er schätzt die Rasur mit Pinsel und Seife. Sorgfältig spült er die Stoppeln in den Ausguss, sprüht das Waschbecken ein und wischt es aus. Den Lappen faltet er und legt ihn um den Wasserhahn - eine Aufforderung. Dabei horcht er auf das Ausbleiben von Geräuschen - der röhrende Ba-

riton von Sascha, das Rauschen der Spülung und das Trippeln kleiner nackter Füße, wenn Timo erfolgreich seinen glänzenden Pfauenschweif aus Urinspritzern auf Klodeckel und Brille platziert hat.

Noch trägt Herr Manetta unter einem braunen Morgenmantel einen klassischen Herrenpyjama, wird jedoch beides bald gegen einen schlichten, dunkelblauen Jogginganzug mit weißen Streifen getauscht und seine Laufschuhe angezogen haben. Durch den Flur bewegt er sich leise. Bevor Saschas Wecker läutet, schließt sich die Wohnungstür zwischen Herr Manetta und den Schläfern in der Dunkelheit, und sein Schritt verliert sich im Treppenhaus.

Natur

Die ganze Welt ist Atem.

Herr Manetta treibt jeden Schritt in die warme, dampfende Erde, stößt sie von sich fort und fliegt dem nächsten Schritt entgegen. Vor seinem Mund ballen sich Wölkchen - Ferse, Ballen, Ferse. Der frühe Nebel benetzt sein Gesicht, Hitze strömt in jede Körperfaser. Silberne Buchenzweige fegen über ihn hinweg, aus dem Nebel schälen sich Stämme. Laufen ist Glück. Er spürt eine kleine Asymmetrie der Lunge, ein Bereich, der seit dem Vorjahr nicht richtig ausgeheilt ist, schränkt seine Leistung ein, ein kleiner, harter Kern. Schritt, Schritt, Schritt, Atem. Der Wald weitet und zieht sich zusammen, während feuchte Luft durch Nase und Mund strömt. Wäre Sylvia damals nicht dagegen gewesen, würde jetzt ein Hund neben ihm herlaufen, ein zottiges Ding, vielleicht ein Glücksfund aus dem Stall eines Bauern, bei einem Ausflug in die Berge entdeckt. Treu und ausdauernd würde er versuchen, mit ihm Schritt zu halten, und ihn aus guten Augen anblicken. Ein leuchtender Schmerz in der rechten Hüfte unterbricht seine Gedanken, er folgt ihm, bis die Struktur des Nervs plastisch hervortritt, und lehnt sich hinein. Schmerz ist nichts als die deutliche, willkommene Sprache des Körpers, die einzelne Sehnen, Nerven und Muskelstränge aus der Routine der Bewegungen heraushebt, sie will gedeutet werden. Er hatte immer gewusst, dass es auch in der Kunst das Maß aller Dinge gibt, dass jeder Körper Grenzen auferlegt, die unüberwindbar sind. Sylvia, die immer mehr Künstlerin, kompromissloser war als er, deren Körper nie mit ihrem Ehrgeiz und Ausdruckswillen hatte mithalten können, hatte das nicht verstehen wollen - sie sah darin mangelnde Selbstachtung. Für ihn jedoch war der allmähliche Abstieg keine Erniedrigung gewesen. Selbst als die Solorollen ausblieben und er immer häufiger auf Provinzbühnen und in Stadthallen auftrat, war dies für ihn nichts als die natürliche Folge seiner abnehmenden Leistungsfähigkeit. Er klammerte nicht, er kämpfte nicht, er färbte nie seine Haare. Sylvia drängte ihn aufzuhören, solange es schön war, solange er es mit Würde tun könnte, aber wozu, wenn es immer noch schön war, und wenn seine Würde keinen Schaden nahm. Er tanzte unglaubliche dreißig Jahre. Der Weg beugt sich weg, fällt ab und nimmt ihn mit.

Später, als Sylvia bereits seit längerem die mäßig begabten Mädchen knochiger Mütter unterrichtete, schien sie noch einmal aufzublühen, und erst als Herr Manetta sich in einer Wohnung wiederfand, die für ihn allein zu groß war, wusste er, dass er ausgespielt worden war. Er hatte ihren Kampf und ihre Kapitulation mitangesehen, aber ihre Verzweiflung nicht verstanden, bis sie gegangen war.

Der Weg senkt sich zu einer sanften, geraden Strecke zwischen Wiesen gebettet. Er hat das Ausflugslokal erreicht - um diese Uhrzeit ist der Apfelstrudel warm.

„Guten Morgen."

Ein freundliches Lächeln und der erwartungsvoll gezückte Stift - eine Aushilfskraft bedient. Die nervöse Handhaltung, die auf den eigenen Gang gerichtete Aufmerksamkeit machen sie für diesen Beruf gänzlich ungeeignet. Ihr Mangel an Sicherheit rührt, Herr Manetta möchte ihr entgegenkommen. Er macht einige Bemerkungen, von denen er weiß, dass sie witzig sind, ihr gefällt sein Akzent, sie entspannt sich. Mit einem sympathischen, breiten Dialekt referiert sie die Karte. Herr Manetta unterbricht sie nicht, obwohl er sich bereits entschieden hat: der Apfelstrudel 2,60, Kaffee 1,80, dann kann er großzügig aufrunden. Ihre Bluse glänzt leicht, Synthetik, und der Anblick löst eine Erinnerung bei Herrn Manetta aus. Frauenhaut durch Stoff. Es ist noch nicht viel los, vielleicht würde sie sich zu ihm setzen. Er ist höflich und ein guter Gesprächspartner, dabei darauf bedacht, die Grenzen zu wahren, manche Dinge verlernt man nicht. Mit schnellen, ausdrucksvollen Lippenbewegungen formt sie Wörter, er scherzt, sie lacht.

„Sie müssen achtgeben, Sie werden ein wenig dick."

Das ist herausgerutscht. Er erkennt seinen Fehler, als ihre Gesichtszüge vereisen.

Auf dem Rückweg ist seine Hochstimmung verflogen. Obwohl er den Apfelstrudel kaum angerührt hat, hat er ein übertrieben großes Trinkgeld gegeben, das gärt in ihm, rückblickend scheint es ihm die Peinlichkeit nur verstärkt zu haben. Nun läuft er die kürzere, dafür steilere Strecke durch das Waldstück unterhalb der Schnellstraße, vorbei am alten Panoramacafé, das wie ein Ufo auf Stelzen am Hang thront, die bunten Fliesen sind längst abgesplittert, an den Streben ranken sich Schlingpflanzen empor, die Panoramafenster sind mit Pressspanplatten vernagelt. Eine Erinnerung an Zeiten, als man sicher war, die Zukunft würde nur Wunderbares bereit halten, grenzenlos rührend wie alle überholten Utopien. Auf der Rückseite ist ein Fenster eingedrückt - im Sommer waren Jugendliche da, haben etwas geraucht und Aphex Twin gehört, sonst nicht ihre Musik aber irgendwie passend zum Ort. Herr Manetta weiß davon nichts. Er blickt auf die Uhr. Wenn er sich noch ein wenig Zeit lässt, haben die Becks ihre morgendlichen Toilettengänge hinter sich gebracht, das lästige Türenknallen, das gereizte Klappern der Tassen und das unausgeschlafene Raunzen sind verstummt, die Familie hat sich zerstreut und Stille ist eingezogen. Vielleicht, die Chancen dafür sind allerdings gering, befinden sich Toilette und Bad in einem annehmbaren Zustand. Er ist in Gedanken bei einer ausgiebigen Dusche, danach wird er bügeln und dabei Musik hören, Frank Sinatra, er war nie ein besonderer Leser und das Fernsehprogramm ist um diese Zeit auch nicht gut. Er wird die Sofakissen aufschütteln und den Teppich saugen und seine Pflanzen gießen, welke Blätter entfernen und sein Mittagessen planen, tiefgekühlt aber ausgewogen, Fisch, Gemüse und Reis vielleicht. Er wird den Staub von den Regalen wischen, Hosen auf Falte legen, die Schuhe putzen und möglicherweise sein kleines Arrangement aus gerahmten Fotos umgruppieren, und endlich den Brief an die Stadtwerke schreiben. Und dann, bevor die Schule aus ist und die Becks sich wieder einfinden, wird er wieder aufbrechen, zu Erledigungen. Es gibt immer Erledigungen.

Gerade fällt sein Blick auf ein exponiertes Straßenstück, lange genug, um das gelb-rote Hinterteil eines Busses der Linie 174 zwischen den Bäumen hindurch schimmern zu sehen. Und hinten, auf der Rückbank des Busses, könnte Sascha sitzen, aufgeplustert wie ein verschrecktes Tier und ganze drei Plätze blockierend. Durch die hintere Scheibe würde man Nacken, Kappe und ein Stück Jacke sehen, nicht jedoch seinen bedrohlichen oder zutiefst verunsicherten oder auch einfach gleichgültigen Blick. Er ist heute früh gegen einen enormen Widerstand aufgestanden, hat seinen kleinen Bruder geweckt und für die Schule fertig gemacht, und anschließend zwei Schüsseln Cornflakes mit Milch aufgeschüttet. Jetzt quellen sie auf dem Tisch vor sich hin, unweit des Stapels mit den Prospekten, aus dem ein Zipfel trübes Gelb hervorlugt, zwischen dem Aschenbecher und einer verirrten Haarspange von Marlene, die gerade aufgewacht ist, sich mit lackierten Fingernägeln durch die zerzausten Haare streicht und die erste Tasse Kaffee des Tages trinkt. Sascha könnte sich jetzt noch aufraffen, es sind noch drei Haltestellen bis zu seiner Schule, und wenn er rechtszeitig den Halteknopf drückt und aussteigt, würde er es zumindest pünktlich zur zweiten Stunde schaffen, aber der Abstand zwischen ihm und seinen Klassenkameraden, die dort mit aufgeschlagenen Heften vor sich bereits in den überheizten Räumen sitzen, ist bereits unüberwindlich. Das große graue Gebäude gleitet links an ihm vorbei. Er wird also bis zum Busbahnhof weiterfahren, und dort eine Weile herumhängen, bis Andi und Konz mit einem geklauten Apfelkorn vorbeikommen. Gemeinsam könnten sie sich dann, angenehm betäubt von den grenzenlosen Möglichkeiten des noch unberührten Tages, auf Holzbänken fläzen und in intelligente Textilien gehüllte Rentnerinnen verschrecken.

Er könnte aber auch umsteigen und zwei Haltestellen stadtauswärts fahren, vorbei an dem Fliesenhandel mit der geschwungenen dunkelroten Fassade. Nach dem Kreisverkehr würde er dann aussteigen, am T€di und am NKD vorbeigehen und die Straße an der Jet Tankstelle überqueren, wo sie sich manchmal abends treffen und auf jemanden warten, der Auto und Führerschein hat. Nebenan, bei McDonald's, arbeitet Renata. Zwischen den Rumäninnen mit ihren Lidern in phantastischen Farben ist sie eine Krähe unter Tauben. Unter dem albernen Häubchen quillt ihr Haar wie Teer hervor, im Nacken trägt sie es ausrasiert. Manchmal, wenn sie unter die Theke greift, rutscht der kurze Ärmel zurück und eine Tätowierung blitzt hervor, etwas Dunkles, Gezacktes hebt sich dann von ihrer braunen Haut ab, ein stark schattiertes Rosenblatt, oder auch ein Körperteil eines Tigers - Pfoten vielleicht oder der Schweif. Wenn sie Pause hat, steht sie am Personaleingang und raucht.

„Do you want one?"

Kopfschütteln, verbunden mit einem kleinen Schnalzen, mehr ungehobelt als arrogant.

„I don't like these. I smoke Marlboro. Only."

Nur Renata schafft es, bei wirklich keinem Satz zu lächeln. „What's your name?"

„Renata. You?"

Dabei brennt sie mit der Glut ihrer Zigarette ein Loch in den Raum zwischen ihnen.

„Sascha."

„Aleksandar?"

„No, just Sascha."

Ein leises Lachen und Schweigen in kleinen blauen Wölkchen.

Jagd

Timo hat seinen eigenen Schlüssel, aber manchmal ist auch Marlene da, wenn er aus der Schule kommt. Er hört dann durch die angelehnte Tür des großen Zimmers ihre Stimme und steckt vorsichtig den Kopf herein. „Warte kurz, Timo ist da." raunt sie in ihr Handy, um es anschließend von sich zu halten und Timo einen Kuss zu geben. „Hallo, mein Schatz. Geh spielen, ich mach gleich Essen."

Heute wird sich Timo verspäten. Gerade, als er den Schlüssel an dem langen Band aus der Hosentasche zieht, um die Haustüre aufzusperren, nähern sich ihm die Zwillinge auf ihren Fahrrädern, begleitet von einem schmutzigen Mädchen mit Affenschaukeln und einem rosa Paillettenkleid unter der gefütterten Jacke. „Was geht, Timo?" „Alles klar! Was macht ihr so?" Lutz schiebt sein Fahrrad näher zu Timo und linst ihn aus in Speck gebetteten Augenschlitzen an, man ahnt dahinter bereits den jungen und später nicht mehr ganz so jungen Mann. Hinter den kindlichen Schweinsäuglein schlummert der potentielle Chef eines Abschleppunternehmens und wartet auf seine Stunde. Lutz greift in seinen Anorak und holt einen Haufen zerknitterter Papiere raus. Fachmännisch lässt er sie durch seine Finger gleiten und leckt dabei gelegentlich den Daumen an. Auf vielen der Zettel kleben noch Tesafilmstreifen. Timo verdreht den Kopf um das „Vermisst!" über dem Foto einer Katze zu entziffern, nein, eines Katers: Carli. Carli ist gelbgetigert, wird geliebt und sehnsüchtig zurück gewünscht - gegen Belohnung. Lutz blickt Timo vielsagend an, dann presst er den Wurstfinger mit dem beeindruckend schmutzigem Fingernagel auf den zuoberst liegenden Zettel. „Wir finden sie, und kriegen zehn Euro." Und Jannik, der zweite Zwilling, der ewige Helfershelfer und lebenslange Ja-Sager, wird wie immer halbverborgen hinter seinem um wenige Minuten älteren Bruder hervornicken. Lutz beschattet die Augen und blickt, ganz Feldherr, über die malträtierte Wiese, auf der noch vor zwei Monaten der Verein türkischer Arbeiter und die Kleingärtner gemeinsam ein Stadtteilfest veranstaltet haben, bis zu den fernen Hochhäusern beim Discounter an der Schnellstraße, den abgestellten Wohnwägen und dem

Wald, wo sich vielleicht gerade ein kleiner Kater auf Freiersfüßen herumtreibt.

„Die ist da irgendwo."

Sein Gesicht glänzt, als er sich wieder Timo zuwendet.

„Wir finden sie und teilen das Geld. Komm."

Das Mädchen mit den Affenschaukeln zieht den Rotz hoch. Dann pfeift Lutz zum Aufbruch, er hebt den Arm in einer „Mir-nach-Leute"-Geste und dreht mit dem Fahrrad einen prächtigen Halbkreis vor Timo, dann strampelt er im Stehen und fährt in Richtung der Hochhäuser. Timo wirft seine Schultasche neben die Haustür und schwingt sich aufs Rad. Über den Trampelpfad von der Bushaltestelle nähert sich ein ihm bekannter Umriss, Timo erkennt die aufgebauschte, offene Jacke und den Rucksack, der dahängt wie ein totes Tier.

„Sascha!" schreit Timo und schwenkt den Arm.

„Sascha! Wir fangen eine Katze!"

Ein Arm, vielleicht angehoben zum Anflug eines Grußes.

Erst bei Einbruch der Dunkelheit, erschöpft und mit glühenden Wangen, kehrt Timo heim. Wider besseren Wissens wird er „Mama?" in die dunkle Küche hineinfragen. Auf dem Tisch steht ein Teller mit einem kalten Stück Pizza, daneben liegt ein aufgerissener gelber Umschlag.

Normandie

Sascha duckt sich im schmalen Spalt hinter einer Baracke, ganz gespannte Aufmerksamkeit. Ein Kampfhund stürzt auf ihn zu, den er problemlos mit mehreren Salven ausschaltet. Er lädt nach, und schleicht sich im Schutz der Baracke weiter, späht nach Nazis, und feuert in den breitschultrigen Rücken am Ende des Durchgangs. Timo hat sich einen Hocker dazu geschoben, über den geduckten Rücken von Sascha hinweg betrachtet er Schneegestöber und stürzende Soldaten und rote Blutspritzer. Sascha hört ihn atmen, das kleine Rasseln einer halbverstopften Nase. Er nimmt die Kopfhörer ab, dreht sich auf seinem Stuhl und schaut Timo in die Augen.

„Setz dich weg. Ich kann mich nicht konzentrieren."

„Ich mach doch gar nichts!"

„Du atmest. Setz dich weg. Putz dir die Nase."

Timo rutscht kaum merklich zurück und wischt sich die Nase am Ärmel ab, in kürzester Zeit wird er sich wieder so weit genähert haben, dass Sascha ihn riechen kann. Den Geruch nach kleinem Bruder. Sascha kämpft sich weiter durch den Schnee.

„Mama fährt ein."

„Was?"

Sascha lässt den Stuhl herumkreisen und blickt in ein Paar verständnisloser, kugelrunder Augen.

„Hat sie's dir nicht gesagt?"

Die Augen werden noch runder. Schau an, wer hätte gedacht, dass so etwas möglich ist, denkt Sascha. Wie bei einer japanischen Comicfigur. „Hast du gehört, Kleiner? Sie geht in den Knast."

Da rutschen aus den Kugelaugen zwei Tränen, erst aus dem einen, dann aus dem anderen, sie hängen kurz an den Wimpern und tropfen dann auf die heißen Wangen. Plastisch, mit viel Oberflächenspannung, sogar mit kleinen Lichteffekten. Der Mund verändert sich allmählich und nimmt eine überraschend viereckige Form an. Sascha kann jetzt beobachten, wie in Zeitlupe die winzigen Gesichtszüge entgleisen - Timo kämpft noch, weil er nicht losheulen will. Er wird aber losheulen, er kann gar nicht anders. In die Betrachtung des kleinen Gesichts versunken zählt Sascha leise von zehn herunter. Die Unterlippe zittert schon bedenklich, und während Timo noch tapfer sein will, hat er bereits verloren. „Das ist nicht wahr!" dringt es in einem jämmerlichen Laut aus der kleinen Kehle. Drei-zwei-eins. Um Timo ist es geschehen. Sascha setzt die Kopfhörer wieder auf, er ist in der Normandie, es ist Winter, und er kämpft gegen Nazis.

Blumen

„Da vorne ist sie."

Sascha hat Renata erblickt, sie sitzt an der Haltestelle vor dem Landeskrankenhaus, ein Vorhang aus Haar vor dem Gesicht, die Ärmel der weinroten Bomberjacke bis zu den Fingerspitzen gezogen, neben sich eine Sporttasche. Herr Manetta setzt den Blinker, in einer eleganten Kurve hält der blaue Clio in der Bucht. Sascha hat mit dem Geld von Herrn Manetta an der Tankstelle Blumen gekauft, eine Sonnenblume und irgendwas in violett, überteuert und ein bisschen angewelkt. Es nieselt auf Sascha, der aussteigt und auf sie zu geht, auf die Blumen, und auf Renata, die sich jetzt erhoben hat und gekrümmt Schritt an Schritt reiht, als Sascha sie zum Auto führt. Jegliche Sonne ist aus ihrer Haut gewichen. Während Herr Manetta geduldig durch den Feierabendverkehr steuert, gibt Renata vom Beifahrersitz kurze Anweisungen, erst in schlechtem Englisch (was Herr Manetta nicht versteht) dann in gebrochenem Deutsch (was sie bald aus Mangel an Wörtern aufgibt), schließlich auf Italienisch, und beide leben ein wenig auf, Sascha klinkt sich aus und betrachtet von hinten ihr gestutztes Nackenhaar und die Wege der Regentropfen auf dem Glas. Renate wohnt über dem Fliesenhandel, und was Sascha beim Anblick des schmalen Fensterbandes in der geschwungenen Fassade von draußen gesehen aber nie begriffen hat, versteht er jetzt - weil die Fenster direkt unter der Decke angebracht sind und eine geringe Höhe haben, geben sie zwar Licht, aber man kann nicht hinaussehen. Renata teilt sich das Zimmer mit einer Stanislava, die gerade nicht da ist, zwei Kastenbetten Buchenoptik, passende Nachtkästchen mit einem winzigen Fernseher, die Bettdecken straff gespannt und darauf sitzt in der Ecke etwas Todhässliches aus gelbem Plüsch, vielleicht eine Biene ohne Flügel oder ein Hustenbonbon mit Armen und Beinen. Renata zieht erst ihre Jacke aus und dann ihre Hose, als sie in den Jogginganzug schlüpft, dreht sie sich kaum weg und Sascha wirft einen kurzen Blick auf den weißen Netzschlüpfer aus dem Krankenhaus und den jodbepinselten braunen Bauch, sie bittet ihn nicht, sich zu setzen, und schaltet eine Serie ein, um mit trüben Augen zwischen schönen traurigen Menschen in prächtigen Häusern zu verschwinden. Sascha sucht eine Weile nach etwas, das man als Vase benutzen könnte, füllt dann das Handwaschbecken zur Hälfte und legt die Blumen hinein, an die Wand hat jemand eine Zeichnung gepinnt, Kugelschreiber, eine Rose, Strich an Strich an Strich, bis jedes Blütenblatt schwarz ist und die Schatten dazwischen noch schwärzer, Stachel an Stachel am Blütenstiel und mitten im schwärzesten Schwarz zwischen den Blütenblättern eine Träne. Er setzt sich neben sie auf das Bett und legt ihr den Arm um die Schulter, er riecht den säuerlichen Schweiß an ihrem Nacken, aber sie gibt unter der Berührung kein bisschen nach, denn ihr Blick klebt an Los Angeles mit seinen Palmen und Santa Monica Beach und The Hollywood Hills und spiegelt sich in schimmernden Augen von Dr. Taylor Hayes Forrester. Sascha sagt: „du bist die Schönste" und meint „ich lass dich nicht allein."

Später im Auto sucht Herr Manetta nach Worten und kann sie nicht finden.

Bananenkisten

Patsch. Ein nasser, gutgezielter Waschlappen trifft Sascha mitten ins Gesicht, unwillig streift er ihn ab, er ist wach.

„Wenn du schon nicht zur Schule gehst, kannst du mir wenigstens helfen."
Es ist viel zu hell, Marlene steht im Türrahmen, ein Becher in der einen Hand, eine Zigarette in der anderen, das Tageslicht spielt in ihren gefärbten Haaren, sie lacht. Sascha grummelt irgendwas von „gleich", wälzt sich aus dem quietschenden Bett und betrachtet seinen weißen, riesigen Füße, er krächzt, er mault, aber Marlene ist schon weg und gießt ihm einen Kaffee ein.
„Evelyn hält mir die Kisten zurück. Wir müssen los, verstellt ihr das ganze Lager."
Auf dem Sofa liegt Timo, eingerollt und weich und schutzlos wie eine Made. Sascha schiebt den kleinen Körper zur Seite und setzt sich neben Marlene.
„Warum muss der nicht mit?"
„Sei nicht so. Hilf deiner Mama."
Marlene zieht eine Schnute und lässt sich, ohne den Becher abzustellen, leicht gegen Sascha kippen, Saschas Kopf sackt ab und bleibt auf ihrer Schulter liegen.
„Müde."
Sie stupst ihn mit der Stirn an, greift ihm in die ungewaschenen Haare und bleibt eine Weile so sitzen.
„Du solltest mal duschen gehen, hm?"

Als Timo alleine in der Küche erwacht, erst sucht und schließlich aus dem Schlafzimmerfenster blickt, sieht er auf der Stadtwiese zwei kleine Gestalten, an denen der Wind reißt, er sieht Marlene und Sascha, die sich auf dem Trampelpfad ziehend und schiebend mit einem Einkaufwagen abmühen, Lebensmittel und Kisten, Kisten, Kisten. Der Wind bauscht Saschas Jacke auf, Kisten fallen auf beiden Seiten hinunter, während die kleinen Räder auf dem unebenen Untergrund ausbrechen und alles rutscht wie auf einem betrunkenen Schiff. Marlene kämpft mit Haarsträhnen, die ihr die Sicht nehmen, mit Kisten, die herunterfallen wollen, mit den Unebenheiten des Weges. Die beiden halten inne, Timo sieht Sascha mit den Armen gestikulieren, Marlene reißt den Mund auf, Sascha reckt den Kopf weit vor und stößt den Einkaufswagen von sich, er dreht sich um und geht fort in Richtung Bushaltestelle. Timo setzt sich an den Küchentisch und wartet auf Marlenes erschöpfte Schritte und das Geräusch, wenn die Wohnungstür ins Schloss fällt.

„Nimm mir das ab, ja? Es kommt noch mehr."

So viele Kisten. Marlene stellt sie im Flur ab, und geht wieder nach unten, an jeder freien Wand wachsen die Kisten empor, der Flur riecht nach Karton und Bananenschalen.

„Wir müssen packen, Schatz."

Auch wenn es ein sehr kurzes Leben ist - man möchte nicht meinen, wie viele Kisten es braucht, um es unterzubringen.

Dann schweres Atmen, Laufschuhe, weiße Streifen auf blauem Grund. Herr Manetta ist heimgekommen, ohne ein Wort und ohne die Kisten auch nur eines Blicks zu würdigen. Hinter der geschlossenen Tür geht genervt der Staubsauger. Timo und Marlene machen eine Pause mit Würstchen.

„Mama muss für ein paar Monate in Kur."

Ein großer Stein gerät ins Ruckeln und setzt sich langsam in Bewegung. Auf seinem Weg reißt er Sträucher und kleine Bäume mit, und hinterlässt eine Schneise roher Erde.

„Ihr wohnt bei Tante Heidrun. Am Wochenende kommt ihr mich besuchen, ja?"

Und weil seine Augen schwimmen, nimmt Marlene Timo in den Arm.

UFO

Sascha erwacht in völliger Finsternis. Seine Sinne waren noch nie so klar, er war noch nie so wach, er hat sein Herz noch nie so deutlich gespürt. Der Schlafsack ist zu dünn, er fühlt die nächtliche Kälte. Ihm ist, als hätte ein kleiner Lufthauch sein Gesicht gestreift, und als seine Augen sich an die Dunkelheit gewöhnt haben, sieht er schwirrende Umrisse, kleine Schatten, die durch die Nacht taumeln. Er steht auf und wirft dabei ein paar Bierflaschen um. Durch einen Spalt zwischen zwei Pressspanplatten blickt er auf die Talsenke, wo der Wind die in Mondlicht getauchten schwarzen Blätter streift. Fremde Tierlaute dringen an sein Ohr. Und wenn er der letzte Mensch auf der Erde wäre, oder gestrandet auf einem fremden Planeten, er würde sich genau so fühlen, wie jetzt eben.

„Ich kann nicht mehr warten." sagt Heidrun.

„Wir haben noch einen weiten Weg. Der Sascha kommt heut nicht mehr."

„Willst du vielleicht nicht doch - ?"

Tante Heidrun hat sich vor einiger Zeit den Arm verletzt und ist in Frührente. Ein Stück Haut wurde transplantiert, und weil es zu wenig war, hatte man es gestanzt und gedehnt. Wie das Muster einer Käsereibe bedeckt es jetzt die Stelle, wo früher ein Muskelband war. Timo schleicht in die Wohnküche und tut so, als müsse er Klopapier holen, Herr Manetta besteht auf getrenntem Bedarf. Heidrun und Marlene sitzen, die Köpfe von Rauch umhangen, über ihrem kalten Kaffee. Sie verstummen augenblicklich, und Heidrun lässt Timo nicht aus den Augen, bis er das Zimmer wieder verlassen hat. Er zieht die Tür so vorsichtig zu, dass sie gleich wieder aufspringt. Jemand zieht geräuschvoll an einer Zigarette. "Wirst sehn. Der kommt wieder. Ist ja nicht für immer." Marlene schluchzt, und Timo steht auf dem Flur mit dem Klopapier in der Hand und weiß nicht wohin mit sich, ist so alleine wie noch nie.

„Timo?"

Die Tür zu Herr Manettas Zimmer ist offen, ein Spalt breit. Und von dort hört Timo seinen Namen.

Es gibt Räume, die nach Einsamkeit riechen. Sie sind sauber und nicht einmal besonders hässlich, aber von einer traurigen Ordentlichkeit, die verrät, dass niemand da ist, der Unordnung macht, oder auch nur seinen eigenen Geschmack, seine Wünsche, seine Erinnerungen hat, gegen die man sich behaupten müsste. So ist das Wohnzimmer von Herrn Manetta, als Timo es zum ersten Mal betritt. Ein beiger Teppichboden. Gleichmäßiges, gedämpftes Licht. Eine Ballettstange, die Herr Manetta kaum benutzt - die Vermieterin hat nicht erlaubt, Laminat zu verlegen. Eine furnierte Schrankwand mit einem Röhrenfernseher und einer Stereoanlage mit Plattenspieler und Kassettendeck, eine sehr grüne Pflanze mit wächsernen Blättern. Auf einem großen, ovalen Esstisch steht ein silberner Leuchter mit unberührten Kerzen. Timo entdeckt ein kleines, fleckiges Foto. Ein Junge ist darauf zu sehen, er trägt einen merkwürdigen weißen Anzug, eng und dabei formlos wie eine kleine Wurst, eine Hand, die zu einer Frau ganz in schwarz gehört, stützt ihn. Sogar ihr Gesicht ist hinter einem Schleier versteckt, als würde sie sich unsichtbar machen wollen, damit es so aussieht, als würde der Junge ganz alleine auf dem Stuhl stehen, vor der strahlen weißen Wand ein trauriges, von der Nacht verlassenes Gespenst.

„Das bin ich, als kleiner Junge. Noch in Sizilien."

Herr Manetta zeigt mit seiner gepflegten Hand auf das Bild. Zum ersten Mal sieht Timo ihn mit Brille.

„Und das ist meine Mama. Sie ist gestorben."

Weitere Fotos, weitere Lebensstationen, in schlichten Rahmen, weiß oder aus hellem Holz, manche in Metall gefasst. Herr Manettas Blick verharrt an Gesichtern, Bauwerken, kleinen Besonderheiten im Hintergrund. Seine Brille ist auf die Nasenspitze gerutscht, mal blickt er hindurch, mal darüber hinweg, er hält inne, zieht die Augenbrauen kurz hoch, dabei bewegen sich seine Lippen – und wenn er es nicht lautlos täte, könnte man die italienischen Zärtlichkeiten, die spanischen Wörter, und dann die Namen in den vielen Sprachen der Welt von ihnen hören. Und er ist dort, zwischen jungen Männern mit Hüten, den quietschen Bremsen der Linie A, aufgekratzten Teenagern in Sommerkleidern und gebügelten Hosen, vor Sehenswürdigkeiten, in Landschaften, immer in Gesellschaft, immer strahlend. Sein Zeigefinger wandert zu einem weiteren Foto - drei junge Männer in Badehosen. Sie fliegen mit unwahrscheinlich gespreizten Beinen durch die Luft, unter den Haarwirbeln lachende Gesichter.
„Sprünge am Strand." Herr Manetta lächelt.
„In Buenos Aires. Ich habe Gymnastik gemacht, Ballett erst später, mit neunzehn. Für andere zu spät, aber es hat meine Knochen gerettet."
Und die Bühne. Die Bühne war immer da.

Standard

Manchmal ist es nicht die Liebe, manchmal ist es etwas, das der Liebe höchstens sehr entfernt ähnelt, wenn überhaupt. Ein kleiner Moment, aus der Zeit gestohlen, eine Ahnung dessen, was hätte sein können, wenn man eine Andere gewesen wäre, an einem anderen Ort, zu einer anderen Zeit, und andere Entscheidungen getroffen hätte, ein kurzer Zustand der Schwebe, in dem noch nichts geschehen und noch alles möglich ist. Oder auch der Hauch einer Erinnerung, ein intensives Aufflammen, der Duft eines vergangenen Lebensgefühls, der Sommer, als einen noch viele Jahre vom Grab trennten, man all seine Fehler vor sich hatte und alles noch möglich schien, die schmerzliche Gleichzeitigkeit dessen, der man war und der man heute ist. Herr Manetta hat eine Flasche Wein geöffnet: „Kalifornier, aber nicht schlecht", ausnahmsweise darf Marlene in seinem Wohnzimmer rauchen - es wird schließlich nicht mehr vorkommen. Ihre Augen sind rot, das Gesicht verquollen, aber das Schlimmste hat sie hinter sich, jetzt können sie übergehen zum sachlichen Teil.
„Ich hatte keine Ahnung, dass das so viel Kram ist."
„Machen Sie sich keine Sorgen, ich lasse es einlagern."
„Ich wollte nicht, dass es so kommt."

„Manchmal kann man es sich nicht aussuchen."

„Und wenn der Sascha zurückkommt und ich bin nicht da … wenn ich noch ein paar Tage hätte…"

Jetzt zerbricht sie, fortgetrieben in einem Schwall Tränen, die Asche sammelt sich an der Zigarette und Herr Manetta wartet, reglos wie ein Fisch, bis keine Tränen mehr kommen und sie ihre Reste wieder eingesammelt und sich die Nase geputzt hat.

„Er ist schon fast ein Mann. Er kommt zurecht."

Marlene sieht ihr Spiegelbild im Fenster, ein bleiches Gesicht mit schwarzen Augenhöhlen, das sich in der Dunkelheit auflöst.

„Und ich bin ja hier." setzt Herr Manetta nach einer Weile nach. „Jemand muss die Stellung halten."

Er zuckt die Schultern und blickt auf den Teppich.

„Morgen früh machen Sie sich in Ruhe fertig. Wir trinken zusammen Kaffee und ich fahre Sie hin."

Er blickt Marlene an.

„Dem Kleinen wird es gut gehen, er ist ein freundliches Kind. Und Sascha wird sich finden."

Marlene zündet mit dem glühenden Stummel die nächste Zigarette an.

„Es wird alles gut."

Wenn Herr Manetta morgen am späten Nachmittag zurückkommt, wird er die beiden Kaffeetassen abspülen, er wird ein wenig in dem kleinen Schlafzimmer stehen und auf dem Klappsofa sitzen, während die Sonne hereinbricht und mit Staubflocken spielt, und vielleicht wird er noch etwas riechen von Timo und Sascha und Marlene Beck. Im Laufe des nächsten oder übernächsten Tages wird er ein Umzugsunternehmen mit den Bananenkartons beauftragen, er wird die Zimmer saugen und die Fenster putzen und den Küchenblock wischen, dabei Schmierereien und Kratzer auf den Oberflächen vorfinden, die transparente Folie einer Zigarettenschachtel und einen vertrockneten Kaugummi entdecken und auf unschöne Flecken auf der Matratze und dem Teppich stoßen, vielleicht sogar auf einen kleinen, kreisrunden Brandfleck. Er wird eine Haarspange, ein Puzzleteil und das Nintendospiel, dass Timo lange verzweifelt gesucht hat finden und in ein kleines Glasschälchen legen, und zu der Fotosammlung im Wohnzimmer stellen, er wird ausgiebig lüften und die beiden Zimmer nicht mehr betreten, bis Carstens Stipendium endet und er aus Patagonien heimkehrt. Aber weil noch ein wenig Zeit übrig ist, und mittlerweile alles gesagt und nichts zu ändern, und keiner der beiden sich losreißen und schlafen gehen mag, legt Herr Manetta Musik auf, vielleicht eine Schallplatte oder eine Kassette, eine Musik, bei der er sich jünger fühlt, und er deutet vor Marlene eine kleine Verbeugung an und streckt ihr die Hand entgegen. „Darf ich bitten?" Und weil sie zu niedergeschlagen und zu erschöpft und vielleicht zu angetrunken ist, um sich zu zieren, steht sie auf. Marlene und Herr Manetta tanzen. Sie auf dünnen, hautfarbenen Strümpfen, die lackierten Zehennägel schimmern unter der wulstigen Naht hervor, ein wenig zusammengesunken, was ihr, der eigentlich schlechten Tänzerin, eine Aura träger Hingebung verleiht, und über die Zentimeter hinwegtäuscht, die sie Herrn Manetta überragt. Ihre Haare schmiegen sich an seine schlaffe, akkurat rasierte Wange, die diskret nach altem Mann und Rasierwasser riecht. Und Herr Manetta, der jahrzehntelang jeden einzelnen Tag, jede Minute seines Lebens bis zur Grenze und darüber hinaus jede Sehne, jeden einzelnen Muskel seines Körpers den Momenten der Ekstase, der Explosion von Kraft, der Anmut und Schönheit gewidmet hat, führt sie, nicht zu schnell, weil sie die Schritte nicht beherrscht. Sie tanzen, zwei fremde Welten, zwei ferne Planeten, deren Umlaufbahnen sich für kurze Zeit nähergekommen sind, um sich wieder für immer in der Ferne zu verlieren. Aber ein bisschen Zeit bleibt ihnen noch.

Atlantik

Timo lehnt die Stirn an die kühle Scheibe des Autofensters, und horcht auf das gleichmäßige Dröhnen, er richtet sich auf und betrachtet den Fleck, haucht das Glas an und malt Striche mit dem Finger, er blickt nach draußen in die Nacht und sieht Vierecke aus Licht vorbeirauschen und hinter jedem Viereck ein Wohnzimmer. Er fühlt das Papier, das an den Kanten bereits bricht und vom Schweiß seiner Hand aufgeweicht ist.

Kleiner Bruder, keine Sorge. Es geht mir gut. Wenn ich kann, komm ich dich besuchen. Ich lass von mir hören.

Wir nehmen das Auto von Herrn Manetta und fahren Tag und Nacht, durch abgemähte Felder, über Flüsse, an deren Ufern Weiden sich wie Fäuste recken, hinter LKWs, an Kühen vorbei, die träumend grasen und grasend träumen. Die Kirchtürme in den hoffnungslosen Dörfern mit den weißen Fassaden und den sauberen Vorgärten gleiten an uns vorbei, wenn es nach Gülle stinkt, halten wir uns lachend die Nase zu. Schiefe Holzzäune, vergessene Seen wie schwarze Augen in Birkenwäldchen, Autobahnraststätten mit Lichterketten. Wenn wir anhalten, schlingen wir die Arme um den Körper, um nicht zu frieren. Nach Stunden oder Tagen erreichen wir die Berge, arbeiten uns Kurve um Kurve hinauf, wo aus Felsen Sturzbäche von Diamantenstaub hervorschießen, zwischen verkrüppelten Kiefern, die sich in den Stein krallen. Wir sind wie betäubt, wir spüren kaum, ob wir schlafen oder wach sind, wir nicken an einem Forstweg ein und erwachen hinter beschlagenen Fenstern. Der erste Schnee hüllt die Landschaft ein und lässt uns glauben, dass die Welt ein friedlicher, von Menschen verlassener Ort sei. Wir fahren an Hängen vorbei, über schmale Brücken, die Schluchten mit schäumendem Wasser überspannen. Und dann, wenn wir das Gebirge hinter uns gelassen haben, kommt das offene, freundliche Land, geduckte Hütten und melancholische Hunde und alte Männer in Gummistiefeln, deren breite Hintern von den Sitzen der Mofas quellen, wir fahren durch alte Städtchen mit narbigen Platanen und Häusern aus bleichen Steinen, zwischen denen das Kraut hervorschießt. Aber wir sind noch nicht da, und deshalb fahren wir weiter, über verwilderte Wiesen aus denen weiße Kalkfelsen wie geborstene Finger ragen, und sehen schließlich das stählerne Band hinter den Büschen, riechen das Salz, hören das Kreischen der Möwen und die brechenden Wellen und sind angekommen, an einem unendlichen grauen Strand, wo das Meer sich vor uns erstreckt und über uns wölbt. Wir schlüpfen aus den Schuhen, weil wir es geschafft haben und noch nicht glauben können, und fühlen den feuchten Sand und lassen uns die Haare ins Gesicht peitschen hinterlassen unsere Fußabdrücke. Und dort, zwischen Schaum und abgerissenen Algen, werden wir dann für immer glücklich sein.

Sophia Thomsen, vorgestellt von Arina Molchan

Sophia Thomsen, 1979 in Bonn geboren, ist mit zwei Sprachen aufgewachsen. Seit jeher findet sie Dinge, die andere übersehen. Wenn sie schreibt, klaut sie aus der Wirklichkeit und formuliert das Gefundene aus, denn Schreiben ist für sie, nach Gedanken, die sparsamste Art, eine Welt zu erschaffen. Ihr Blickwinkel ist ein anderer – sie sucht nach Menschen, die übersehen werden, schaut in ihre kleinen Zimmer und gibt dem Vorgefundenen Worte.

Wärme deinen Nächsten

Arina Molchan

„Wärme deinen Nächsten", sagt sie und zieht sich aus. Mantel und Handschuhe. Dann legt sie ihre Arme um Kais Rücken.

„Schön, dass du kommen konntest, Melanie", sagt er und rückt von ihr ab. In der einen Hand hält er eine Weinflasche, in der anderen einen Korkenzieher.

„Gerne doch!"

Aus dem Wohnzimmer sprudelt das Klavier irgendeinen Chopin.

„Ein paar sind schon da", sagt Kai und deutet mit der Flasche in Richtung der Musik. „Zieh bitte hier die Schuhe aus. Ich habe einen Teppich."

Dann meldet sich die Küche und Kai eilt zu seinem verstörten Backofen. Melanie lacht ihm nach, breitet ihren Mantel über die anderen Jacken aus und verschwindet aus dem Sichtfeld, um irgendwo Chopin mitten im Satz zu unterbrechen. In Schuhen.

Der Flur bleibt leer zurück. Nach einer Weile öffnet sich an seinem Ende die Tür zum Bad. Zunächst nur einen Spalt breit. Ein Auge späht heraus und überprüft: Heiligenschein aus Rauch um die Lampe. Kai lamentiert in der Küche. Chopin löst sich in Stimmen auf. Die Luft erstickt an Melanies Parfüm.

Jetzt. Jetzt könnte man noch gehen.

Rosa öffnet die Badezimmertür ein bisschen weiter. Jetzt, bevor Kai zurück ist. Bevor er sie in dieses Zimmer mit dem Klavier schiebt und sie mit den Menschen Wein trinken muss, mit denen sie sich während des Studiums eine Altbauwohnung mit Durchgangszimmern teilen durfte. An guten Tagen. An den anderen waren es verkrustete Pfannen, vergessener Müll und Melanies Haare im Abfluss gewesen.

Sie verlässt ihr Versteck und schleicht über den Teppich zur Wohnungstür. Lautlos. Weich. Ihre bunten Zehensocken auf Kais ernstem Teppich. Sie hätte gar nicht kommen sollen. Aber abwimmeln konnte sie nicht. Da war das Klingeln an der Tür gewesen, sie hatte vorsichtig geöffnet – vielleicht war es ein Streich, vielleicht der Postbote – aber es war schlimmer: Es war eine Einladung mit Kais Gesicht darauf. Danach die Verlegenheit, zu erklären, warum sie dort war, in Samuels Wohnung.

Sie hätte gar nicht kommen sollen.

Rosa kramt nach ihrem Mantel. Die Haut an ihren Händen ist rau und aufgerissen vom Winter. Die Fäustlinge von vor drei Jahren hat sie nie zu Ende gestrickt. Wie alles andere auch. Und Melanies Handschuhe waren ihr sicherlich zu schmal. Obwohl man sie trotzdem mitnehmen könnte – um zu ärgern.

„Rosa!" Zu spät. „Kannst du mir mal kurz helfen?" Kais gerötetes Gesicht kommt im Hohlkreuz aus der Küche, beladen mit zwei Glasschalen, der Weinflasche und dem Korkenzieher. „Schnell! Schnell! Sie fallen!" Rosa nimmt ihm die Flasche und eine Schale ab. Darin ist Halbverdautes. Guacamole.

„Kai, ich fühle mich nicht...", versucht sie.

Kai pafft etwas Unverständliches und deutet zur Küche. „Braucht noch ein bisschen. Wegen der Kruste." Er geht zur Chopin-Tür, die bis jetzt erfolgreich Rosa das Vergangene vom Leib gehalten hatte.

Er öffnet sie. Das Spektakel beginnt.

„Rosa! Wir haben dich schon vermisst!"

Wohl kaum. Sie steht im Türrahmen, vor ihr ein Reigen aus denselben alten Gesichtern, die jetzt viel zu neu aussehen.

Nikita Osimov fläzt auf dem Klavierstuhl, die langen Beine von sich gestreckt, die Ellbogen auf den Deckel des Instruments gestützt. Seine Finger beugen und strecken sich – er spielt Chopins unsichtbare Läufe zu Ende. Sein Kopf nickt mit. In Rosas Richtung mit Nachdruck.

Der Raum ist voll – Melanie steht in der Mitte und nimmt mit ihrem Parfüm den ganzen Platz ein und versperrt die Sicht auf das Sofa. Sie deutet auf Rosa und lacht:

„Oh, Gott. Die Socken!"

Oh, Gott. Die Melanie. Im gemeinsamen Bad ihre Shampoo-Armee. Für jeden Tag ein anderer Duft: passend zur Stimmung. Melanie, die immer überall war, die immer jemanden erstickte. Mit Veilchen, Pfirsich und Orchidee, manchmal auch mit allen zusammen. Raffgierig. Sie hatte damals ein kleines Aquarium in der Form eines Zylinders in ihrem Zimmer stehen. Der Fisch darin konnte nur rauf oder runter schwimmen. Aufsteigen oder Sinken. Ein schillerndprächtiger Kampffisch war das. Anspruchslos. Trott-resistent. Irgendwann aber stieg er auf und kam nicht mehr herunter. Sonnte seinen Bauch. Das war der Tag, an dem sie sich einen Neuen suchte. Jemanden, der sie trösten konnte. Christian.

„Greift zu. Das Essen braucht noch ein bisschen." Kai nimmt Rosa die Schüssel und die Flasche ab und arrangiert alles präzise auf dem Tisch, an dem bereits Samuel sitzt und sie ansieht, als wüsste er, dass sie fliehen wollte. Samuel. Am anderen Ende des Zimmers. Vor dem nachtverkrusteten Fenster.

„Rosa, du warst nicht auf der Hochzeit", sagt Nikita, die Finger endlich still. „Wir dachten, wir würden dich dort treffen."

„Äh…"

Das Sofa hüstelt. Ein großer Schal ist auf ihm gefaltet, mit einer Tasse Tee und Wollsocken. Heraus schaut Babsi mit großen Rehaugen und fragt: „Warum warst du nicht auf der Hochzeit?"

Kai hat wohl auch Nikitas Wärmflasche eingeladen, den blinden Passagier, der immer gewohnt, aber nie gezahlt hat.

„Warum warst du nicht auf der Hochzeit?"

Rosa zuckt mit den Schultern und setzt sich an den erstbesten Platz, um nicht im Türrahmen zu stehen. Von hier hat sie eine gute Sicht auf Samuel. Auf all die Erhabenheit.

„Von welcher Hochzeit sprecht ihr?" Melanie greift in die Schale mit den Tortilla-Chips und beginnt zu krümeln.

„Hast du das nicht mitbekommen?" Die Rehaugen weiten sich. In Melanies Mund bricht alles zusammen. Beständig. Laut. Babsi beugt sich vor, versucht nicht zu grinsen. Sie wartet kurz und dann: „Chris hat geheiratet."

Das Kauen hört auf. Melanie sieht zu Babsi. Sieht zu Nikita. Zu Rosa. Zu Babsi.

„ – Chris?" Ihr Mund ist voll. Die Tortillas bereit zu verwesen.

Kai versucht die Weinflasche zu öffnen. Mit jeder Umdrehung des Korkenziehers wird die Stille enger.

Nikita ächzt, kreuzt seine Knöchel und sinkt noch tiefer in die Schultern. „Wir dachten, du weißt es?", sagt er und beginnt mit einem Fuß zu dirigieren. Er hat ein kleines Loch in der Socke.

„Mir hat er auch keine Einladung geschickt!", sagt Kai und dreht gereizt die Spirale tiefer in den Verschluss. Schräger. Samuel erlöst ihn schließlich von seinem Leiden und übernimmt das Flaschenöffnen.

Wie leicht er das macht, wie souverän. Rosa schaut zu.

„Es war eher eine kleine Feier. Nur die engsten Freunde", sagt Nikita.

„Und ich bin kein Freund?" Kai überprüft jedes Weinglas im Licht, bevor er es Samuel zuschiebt. „Heute habe ich ihn ja auch eingeladen."

Eingeladen. Stille. Irgendwann stottert der Wein in die Gläser. Gl-gl-gl. Nächstes. Der Raum ist befangen, die Tischdecke penibel unschuldig. Er hat Chris eingeladen. In Rosas Ohren beginnt es zu rauschen. Er hat wirklich Chris eingeladen. Über dem letzten Weinglas treffen sich Samuels und ihre Blicke, nur kurz. Als hätte er das Rauschen gehört. Er weiß es. Weiß er es? Was, wenn er es weiß? Er reicht Melanie das Glas und Rosa verschränkt die Arme.

„Du hast ihn eingeladen?", fragt Babsi.

„Natürlich! Er war doch auch ein Teil unserer WG", sagt Kai und wischt zur Sicherheit den Flaschenhals ab, damit keine Tropfen auf seine Tischdecke kommen. „Im Gegensatz zu dir."

Babsi schnappt nach Luft.

Melanie hat den Mund voll Wein. Während die Flüssigkeit ihr den Rachen hinunter rinnt, steigt ihr gleichzeitig ein gehässiges Geräusch hoch.

„Hängst du immer noch an der Geldsache?", fragt sie Kai.

„So oft wie sie da war – da wäre es nur gerecht gewesen, dass sie etwas zur Kasse beigesteuert hätte…"

„Nikita!" Babsi schlägt ihm auf den Schenkel. „Verteidige mich!"

„Naja…" Nikita schwenkt seine Arme, um die richtigen Worte zu finden. „Sie ist so zierlich – da kann sie nicht so viel verbraucht haben."

„Doch, ich habe es genau…"

„Dein Backofen ruft", sagt Samuel.

Seine Stimme ist bodenlos. Seine Stimme ist Sumpf. Unwegsam dunkel.

Rosa löst wieder die Hände.

„Höret, der Fürst hat gesprochen", schnaubt Melanie und hebt in seine Richtung ihr Glas.

Samuel Fürst. Der Fürst. Wäre er nicht gewesen, würde sie nicht hier sitzen.

Kaum ist Kai aus dem Raum, entfaltet sich der Schal auf dem Sofa. Babsi bewegt die ganze Wolle zum Tisch und setzt sich zu Melanie. „Kai ist doch furchtbar", sagt sie. „Keinerlei Fingerspitzengefühl."

Gefühl in den Fingerspitzen. Rosa dreht ihr Glas und erinnert sich: Samuels Tür, damals in der WG, nur angelehnt. Er: abwesend. Auf seinem Tisch, zerknüllt und unaufgeräumt – seine Worte. Sie hatte sie gelesen. Zunächst nur aus Neugier. Seite um Seite um Seite. Irgendwann sah sie auf und er stand im Zimmer. Samuel stand im Zimmer und sie hatte die Lungen voller Tinte. Er schwieg und ihre Finger klebten an dem Papier. Feuchte Fingerabdrücke. Irgendwann, langsam, knüllte sie gewissenhaft seine Worte wieder zusammen. Irgendwas musste sie ja tun. Sie legte sie behutsam zurück auf den Schreibtisch. Samuel trat zur Seite, um sie durch die Tür zu lassen und sie floh. Danach mied sie ihn, tagelang. Irgendwann aber spuckte der Türspalt ihres Zimmers ein Blatt aus, für sie beschrieben mit Samuels Schlaflosigkeit. Sie wird es nie vergessen. „Vergiss es", sagt Melanie, ihr Weinglas blutleer. „Ich gehe."

Wirklich? Rosa wagt zu hoffen.

„Du lässt dich vertreiben?", fragt der Fürst.

Also doch nicht. Der Abend wird anstrengender als gedacht. Vielleicht könnte sie herausschleichen, in einen anderen Raum, wo die Luft nicht voll von Melanie ist und sich dann davonstehlen, bevor Chris hier auftaucht.

„Was ist eigentlich mit deinem Kleinen, Rosa?", fragt Nikita und wechselt den dirigierenden Fuß.

„Er ist bei der Oma."

„Hat er immer noch keinen Vater?" Melanies Zähne beißen in das Weinglas um das gehässige Grinsen zu verdecken.

Rosa antwortet nichts. Sie trinkt nur.

„Du hast einfach ein großes Herz, nicht wahr?" Melanie zwinkert ihr zu und Rosa verspürt die Lust, zu töten. „Da ist Platz für viele."

Samuel nimmt wieder die Weinflasche in die Hand, um Melanie nachzufüllen. „Trink mehr", sagt er. „Vielleicht wirst du netter."

„Hoffnungsloses Unterfangen." Melanie lacht und schiebt ihm das Glas zu.

Babsi rückt ihren Schal zurecht und beäugt Rosa nochmal abschätzend, bevor sie fragt: „Und warum warst du nicht auf der Hochzeit?"

Rosa sieht in ihr Glas und sucht nach einer Erklärung. „Äh... Ich war unterwegs."

Auf den Gesichtern höfliches Unglauben. „Schon wieder? Wo dieses Mal?"

„In der Mongolei."

„Warum verreist du während der Hochzeit deines Bruders?"

„Stiefbruders", korrigiert Rosa. Babsi nervt. Kann Nikita sie nicht ablenken? „Seine Einladung kam sehr kurzfristig."

Melanie wölbt eine Augenbraue und lacht: „Deine Lügen waren nie besonders gut."

Rosa verschränkt die Arme. Kai kommt zurück und bringt einen Schwall Ofenduft mit. Nikita spielt den Friedenswächter. Melanie solle nicht so gemein sein – Sei sie ja gar nicht – Aber – Rosa trinkt leer. Sie muss raus aus diesem Gehege. Diesen Streit kann sie auch von außen betrachten. Sie lehnt sich zurück. Hinter ihnen das Fenster, wie ein schlecht gemaltes Bühnenbild.

(Vier Menschen sitzen am Tisch. Einer setzt sich dazu und rückt die Tortilla-Schale zurecht.)

MELANIE: (Nach längerem Schweigen) Wen hat er eigentlich geheiratet?

BABSI: Oxana heißt sie. Irgendeine Russin.

NIKITA: Eine Kasachin.

BABSI: (Wendet sich ihm zu, gereizt) Ist doch das gleiche.

NIKITA: Nicht ganz, Pfötchen.

BABSI: (Strafender Blick. Dann zu Melanie:) Eine Frisöse.

MELANIE: (Zuerst Unglauben, dann ein leeres Weinglas) Arschloch.

NIKITA: Ach, Meli. Du weißt ja... Die Liebe. Ist natürlich blöd, dass...

MELANIE: Er kann mich mal.

KAI: (Glättet unsichtbare Falten in der Tischdecke) Ich hoffe aber, dass ihr euch nicht streiten werdet? Er kommt mit seiner Frau zusammen.

MELANIE: Du hast sie auch eingeladen?

KAI: Natürlich. Sie muss uns ja kennen lernen.

(Längeres Schweigen. Samuel schenkt nach. Melanie trinkt. Sie stoßen nie an.)

KAI: Eigentlich dachte ich immer, ihr zwei würdet heiraten.

MELANIE:... und ich dachte eigentlich, du hättest Hirn.

NIKITA: Kai, das war, glaube ich, nicht angebracht...

KAI: (Erhebt sich vom Stuhl) Ich habe sehr wohl Hirn. Ich darf doch sagen, was ich denke!

NIKITA: Wir sollten die Guacamole essen. Wäre schade, wenn sie niemand probiert...

KAI: Ich möchte daran erinnern, dass ich der Einzige von uns bin, der promoviert.

BABSI: (Verdreht demonstrativ die Augen) Oh nein, nicht schon wieder...

KAI: Ich bin in der Planck-Stiftung, und...

NIKITA: Kai, wir wissen das...

KAI: Außerdem...

NIKITA: Lasst uns das Thema wechseln...

KAI: Nein, das möchte ich jetzt richtig stellen...

SAMUEL: Mehr Wein?

KAI: Ich möchte gerne ausreden!

(Es klingelt.)

Es klingelt. Durchdringend. Rosas Stuhl kippt zurück auf alle vier Beine. Köpfe drehen sich.

Zu früh. Sie ist nicht bereit. Noch nicht bereit. Sie wollte doch gehen, bevor er kommt. Sie meidet Samuels Blick. Sie will nicht raten, was er denkt.

Wieder die Klingel.

Nikita klopft Kai aufmunternd auf die Schulter. „Gäste!"

Das Empfangskomitee drängt sich im Flur unter der Lampe und wartet. Im Treppengang hallen Absätze und Schuhsohlen. Alles kommt näher.

Die Schritte sind wie die Sekunden vor der letzten Prüfung. Rosa ist blank, Zurechtgelegtes vergessen. Zu nervös, um zu schwächeln. Adrenalin in den Haarspitzen.

Und dann ist er da.

Er schenkt allen seine Grübchen.

Seine Backen und Nase sind noch rot von der Kälte draußen. Er ist laut, er ist herzlich. Nikita, Babsi, Kai – alle müssen auf die Grübchen antworten. Man kann nicht anders.

Und dann sieht er Rosa. Er hüllt sie ein in den Geruch nach Schnee, in die feuchte Kälte seiner Jacke. An den Haaren hängen noch Schneeflocken, die sich in Kais Heizungsluft in Tränen auflösen. Er lässt sie gar nicht mehr los. Und sie ist versucht, zu versinken.

„Wer hätte gedacht, dass du dich ausgerechnet bei Kai verschanzt?" Er lacht ihr in die Haare und wiegt sie in der Umarmung hin und her. Dann lässt er los und betrachtet sie, seine Handflächen auf ihren Schultern. „Betreibst du hier deine Selbstfindung?" Die Grübchen. Die Lachfältchen. Es wäre so leicht, mit den Knien nachzugeben. „Seit wann bist du zurück?" Und bevor sie antworten kann, fällt ihm etwas ein und er lacht wieder.

„Frau Maman hat sich sehr über deine Postkarte gefreut." Grübchen und Lachfältchen. „Aber hast du nicht etwas vergessen?" Die Knie geben doch etwas nach.

Er stupst ihr in die Backen und zieht ihr die Mundwinkel hoch. „Mach dir nichts draus. Heimlich gefällt es Maman – so hat sie endlich was zu tun."

„Wie geht es ihm?" Es ist schwer zu reden, wenn er sie zum Lächeln zwingt.

„Wunderbar. Ich habe ihm gezeigt, wie er an die Süßigkeiten herankommt." Dann wird sein Gesicht ernst. „Wie geht es dir?", fragt er.

„Besser."

„Das freut mich, Schwesterherz." Er wendet sich halb um und deutet endlich auf die Frau, die immer noch auf der Fußmatte vor der Schwelle steht. „Lass uns nachholen, was du verpasst hast: Das ist Oxana, meine Frau."

Auch ihre Nase ist rot, die Haare eine gelb-blonde Traurigkeit. In den Händen hält sie einen großen Kuchenbehälter aus Plastik. „Und das, Schatz", Chris lässt seinen Arm um Rosas Schulter, „ist die verschollene Schwester."

„Khallo." Sie trägt orangeroten Lippenstift und riecht nach Ammoniak. Bevor jemand sie willkommen heißen kann mischt sich das Parfüm ein. „Hallo, Chris." Melanie hat sich aufgerafft und lehnt jetzt am Türrahmen. Die Arme verschränkt.

„Melanie!"

„Die bin ich."

„Du siehst wie immer gut aus." Chris schenkt ihr die Grübchen. Und die Lachfältchen.

„Wie immer."

Nikita scherzt irgendetwas. Ablenkungsmanöver. Rosa nutzt die Gelegenheit, um unbemerkt in die Küche zu verschwinden. Sie schließt die Tür und holt erst einmal Luft.

Der Backofen schnurrt. Rosa setzt sich an den Küchentisch, an dem schon die Salate und der Nachtisch stehen. Körnige Süße, faule Säure. Die Tür öffnet sich und Melanie kommt herein. Dunkelherb das Parfüm. Sie hat Oxanas Kuchenschachtel dabei, die sie auf die nächstbeste Oberfläche knallt. Dann setzt sie sich an die andere Seite des Tisches und schweigt. Irgendwann holt sie sich eine absurd dünne Zigarette heraus. „Kannst du das glauben?" Das gerollte Papier in ihrer Hand zittert leicht. „Er. Hier. Mit dieser..." Ihr fehlt ein Wort. „Weißt du... ich habe immer gedacht, dass wir...." Sie beißt auf den Nagel ihres Daumens und lässt ihn dann von den Zähnen abgleiten. „Von wegen, er ist nicht so weit. Hat genau ein Jahr gedauert, bis er so weit war."

Rosa kratzt Rillen in die Tischplatte. Sorgenfalten im Holz.

„Wie kannst du es nur mit ihm aushalten?"

Rosa zuckt mit den Schultern. „Er ist mein Stiefbruder", sagt sie. „Für die Familie kann man nichts. Wie hast du es jahrelang mit ihm ausgehalten?"

„Ja, wie habe ich das nur?" Melanie betrachtet die Zigarette. „Keine Ahnung. Er ist so abscheulich charmant. Witzig. Und dann die Grübchen." Sie schnalzt mit dem Feuerzeug. „Wie bei einem kleinen Jungen. Herzerweichend."

Rosa verschränkt die Arme, wühlt ihre Hände in die Ärmel. „Nicht hier", sagt sie.

Der Rauch kriecht Melanie zwischen den Lippen hoch. „Kai wird das überleben." Sie lässt die Asche auf den Boden fallen. „Er hat ihn ja eingeladen. Das hat er davon."

Nach zwei Zügen ist die Luft in der Küche tot. Rosa hält es nicht länger aus und verlässt den Raum, nimmt nur einen kleinen Schweif Bitternis mit in den Flur. Sie schaut zur Lampe auf und fragt sich, ob sie jetzt gehen sollte. Sie hat ihn wieder gesehen. Das reicht.

Sie schleicht zur Garderobe, in ihren Zehensocken. Irgendwo hier hängt ihr Mantel. Sie beginnt zu wühlen – da kommt Kais bemühter Rücken aus dem Wohnzimmer.

„... langsam auftischen", sagt er noch. Dann dreht er sich um.

„Rosa! Kannst du mir beim Tragen helfen?"

„Ich wollte gerade..."

„Der Truthahn müsste jetzt fertig sein." Er öffnet die Küchentür. Lässt den Rauch in den Gang. Stiert hinein. Dann wird sein Mund zu einem Fischmaul: hilfloses Schnappen.

„Entspann dich", sagt die Küche.

„ – ."

Rosa flieht ins Wohnzimmer.

Oxana steht einen halben Schritt hinter Chris, lächelt und nickt: versucht, hineinzupassen zwischen all die vermeintlichen Freundschaften.

Nikita und Chris sind wieder Bengel – jede Ernsthaftigkeit aus den Haaren geschüttelt. Sie freuen sich über die Wodkaflaschen, die Chris aus einem Beutel holt und sie strategisch auf dem Tisch platziert. Eine kristalline Mauer, um sich später dahinter verschanzen zu können.

„Du sitzt jetzt an der Quelle, was?" Nikita beginnt aus Vorfreude zu wippen. Babsi verdreht die Augen und versinkt in ihrem Schal auf dem Sofa.

„Mach dich schon mal bereit, Schwester!" Chris zieht Rosa zu sich heran. „Du schuldest mir noch eine ordentliche Feier!" Er küsst ihr die Wange und vergisst seinen Arm um sie. Rosa weiß nicht, was sie tun soll.

Von der anderen Seite der Mauer missbilligen sie die Blicke des Fürsten. Ärger zerplatzt im anderen Teil der Wohnung.

„Was ist denn los?", fragt Nikita. Alle sehen zur Tür. Außer Rosa und Samuel.

„Melanie hat in der Küche geraucht", murmelt sie.

Röhrendes Gelächter.

„Lasst uns sie retten", sagt Chris und schiebt sie an den Schultern wieder in die Richtung, aus der sie gekommen war. Nikita federt ihnen hinterher – ganz wie früher.

In der Küche regieren Kälte und Unmut. Es schneit auf den Fenstersims, auf den gerupften Kräutergarten. Kai steht in der Küche und übt Trockenfliegen. Seine Arme klatschen immer wieder gegen die Seiten seiner Schenkel. Er weiß nicht, was er anfassen soll. Er dreht sich zum Backofen, legt die Hand auf den Griff, lässt wieder los, dreht sich zur Melanie, die mit verschränkten Armen auf dem Stuhl sitzt und ihre geknickte Zigarette noch in den Fingern hält, dann lässt er die Arme wieder hilflos fallen. Hebt sie wieder auf.

„Meli, Meli…" Nikita schnalzt mit der Zunge und wackelt mit dem Finger. Sein Mund ist breit – von Ohr zu Ohr.

„Ist ja schon gut." Melanie legt zum Beweis die Kippe auf den Tisch. Kai fliegt heran und trägt sie mit sich fort, bestattet sie im Müll.

„Der Rauch bleibt doch in den Wänden hängen!" Seine Stimme kippt fast. Er sieht sich verzweifelt in der Küche um.

Chris reicht ihm die Salatschüssel, damit er etwas zum Festhalten hat.

„Ich wüsste da etwas, das dich lockern würde, Kai", sagt Nikita und klopft ihm auf den Rücken. „Aber lass uns zuerst auftischen. Wir brauchen Basis. Viel Basis."

„Ich nehme den Vogel." Chris kippt die Backofentür und lässt eine kleine Wolke heraus.

„Und ich das Messer." Melanies Worte sind Zuckerwürfel, die ihr aus dem Mund fallen und auf der Tischplatte zerbröseln.

Chris reicht ihr einen großen Löffel.

„Für die heißen Kartoffeln." Er zwinkert und zeigt ihr die Grübchen. Melanie schnaubt nur und verlässt die Küche.

„Nimm den Löffel mit!", ruft Nikita ihr hinterher.

„Ganz wie in alten Zeiten", sagt Chris und schaut nochmal in den Backofen. „Ich bräuchte paar Topflappen."

Nikita bedient die Küche wie eine Orgel, öffnet und schließt Schubladen, tänzelt und verbreitet Chaos. Irgendwann ist der Vogel auf einer Porzellanplatte aufgebahrt, mit Kartoffeln als Grabbeigaben um ihn herum. In der Brust steckt ein großer Spieß. Chris führt die Prozession aus der Küche mit einer schnabelförmigen Sauciere an. Dahinter stolpert Kai mit der Salatschüssel, Nikita trägt den Vogel mit den leicht verkohlten Füßen. Rosa solle den Rest bringen, sie würden ihr aber Verstärkung schicken.

Zuerst aber abwischen, sonst überlebe Kai das alles nicht.

Sobald sie weg sind, schließt Rosa die Tür und geht zum Fenster, lehnt die Stirn an das kalte Glas an. Sie schließt die Augen bis die Leere hinter ihr irgendwann „Du hast mich angelogen" sagt.
Rosa dreht sich um. „Tut mir leid."
Samuel steht vor ihr und verdeckt das Licht der Küchenlampe.
Sie schweigen.
„Darf ich..." Sie krümmt die Zehen. „Darf ich trotzdem noch eine Weile bei dir unterkommen?" Kais Küchenboden ist kalt gefliest. Unter dem Fenster: kleine Schneetropfen. Samuels Gesicht ist ernst.
„Natürlich."
Rosa nickt und sammelt mit den Socken die zerflossenen Schneereste ein.
„Willst du nicht Yannik wieder zu dir holen?"
Rosa beginnt, an ihrer Lippe zu kauen. Ihr bunter Fuß legt sich auf den anderen. Sie fächert die Zehen aus und sieht zu Boden. Aus dem Wohnzimmer hört man entferntes Lachen, Nikita spielt etwas Russisches auf dem Klavier.
Dann fallen ihre Schultern. Sie gibt auf. Samuel ist nur zwei Schritte von ihr entfernt. Sie legt ihre Stirn auf seine Brust und fühlt sich so bleiern müde. Sie will nicht Mutter sein. Sie will das alles nicht. Sie will bei ihm bleiben und neu anfangen. Samuel weiß zuerst nichts mit der Nähe anzufangen – es dauert, bis er sie umarmt.
Dann geht die Tür auf und der Schal wallt herein.
„Oh!"
Rosa springt zurück und holt sich einen bauen Fleck an der Tischecke.
Babsi steht im Türrahmen und blickt von einem zum anderen.
„Das ist neu", sagt sie irgendwann. Samuel zieht die Augenbrauen zusammen.
Nikita singt im Wohnzimmer.
„Ich wollte nur nochmal Tee." Das Grinsen will nicht von Babsis Gesicht verschwinden. Ihre Nasenflügel beben vor Sensationslust. „Aber ich kann auch später kommen."
Als sie die Tür schließen will, sagt Samuel:
„Das mit Chris war mir auch neu."
Der Schal hört auf zu wippen. Der Gesang im Wohnzimmer geht in Gegröle über und ertränkt die Blicke, die im Dreieck laufen.
„Chris?" Unschuldige Rehaugen.

Samuels Mund ist voller Schatten und kann alles bedeuten. Babsis Schal verliert an Volumen. Sie schlüpft in die Küche und schließt vorsichtig die Tür.

Samuel füllt für sie den Wasserkocher. Rosa weiß nicht, was los ist. Ihre Wangen sind immer noch rot.

„Chris?", fragt sie.

Samuel antwortet nichts. Babsi reibt ihr Kinn an dem Schal. Sie versucht es mit einem nervösen Lachen. „Was ist mit ihm?"

„Wann?", fragt Rosa.

Samuel betrachtet den Wasserkocher, bis er zu zischen beginnt. „Auf einer von Melanies Partys", sagt er.

Geburtstage. Bad Taste. Spontane Menschenaufläufe. Immer zu viele – dichtgedrängte Leiber in der kleinen Küche, in den Zimmern. Beißender Rauch, gleiche Gesichter, zuckendes Licht. Heißes Wasser.

„Du kannst es gar nicht wissen", sagt Babsi.

Samuel wartet, bis der Schalter springt. Dann dreht er sich um, mit dem Kocher in der Hand. „Bis jetzt nicht."

Babsi wird bleich.

„Wasser?", fragt er.

Sie sitzen wieder im Wohnzimmer und Rosa leiern die Namen im Kopf: Chris und Babsi. Chris und Babsi. Chris und Babsi. Wenn das stimmt – Blick zum Schal, der überaus bemüht sich an Nikita schmiegt – wenn das auf einer Party gewesen sein soll – dann – dann – …

Chris löst die Schnüre um die Füße des Geflügels und die Schenkel springen für ihn auseinander.

„Halte mal", sagt er und Nikita versenkt den Spieß an der richtigen Stelle, während Chris mit dem Messer das Fleisch teilt. Die Füllung quillt heraus – schmatzend, in Schüben.

„Äpfel und Orangen", sagt Kai. Rosa glaubt ihm kein Wort und sieht dem Massaker zu. Fettige Finger, schmierige Klinge, Duft und Wärme. Nachgiebiges Fleisch. Kein Zartrosa zu sehen.

Chris legt ihr das erste Stück auf den Teller. „Wie du es magst, Schwesterherz."

Dass sie Nikita betrogen haben, den Freund seit Kindertagen – dass sie Melanie betrogen haben – obwohl, ihr geschieht es recht – die Grübchen sind es. Die Grübchen sind schuld.

Etwas sickert aus dem Fleischstück auf den Teller. Winzige Fettaugen, Flöckchen aus geronnenem Blut. Babsi verzieht das Gesicht und sagt, sie sei jetzt Vegetarierin. Chris schneidet durch die Knorpel und Samuel schaut ihm zu und runzelt die Stirn wenn es knackt.

Oxana erzählt von kopflosen Hühnern auf dem Dorf – ihre Kindheit. Rosa denkt an das Zelthaus, welches ihre Kinderhände zwischen Sessel und Sofa immer gebaut haben – sie und Chris unter einer Decke. Hatte er schon als Kind diese Grübchen?

Die Teller sind bleich und ausdruckslos – runde Gesichter, unterschiedlich beladen. Melanie kreischt mit dem Messer über die Oberfläche. Chris schenkt Wodka ein, aber auf der anderen Seite der Mauer trinkt keiner. Kai erzählt von seiner Forschung. Niemand hört zu.

Oxana beugt sich zu Rosa vor. „Dein Sohn ist sehr schön", sagt sie. An ihren Zähnen klebt ein Stück Salat. Vom Lippenstift ist nur noch ein ausgefranster Rest übrig. „Er lacht so viel."

Rosa nickt und versucht das herunterzuschlucken, was sie schon seit einer Weile von der einen Backe in die andere geschoben hat. Aber die Soße schmeckt seltsam, alles ist zu Brei zerkaut und erinnert sie an die Küche, an Melanie, an Rauch, an Babsi.

„Schwiegermutter hat mir Bilder gezeigt", versucht Oxana weiter. „Er sieht sehr ähnlich dem Opa … Die Löcher", sie lächelt und zeigt auf die Stellen neben ihren Mundwinkeln, „sind in der Familie."

Rosa kann nicht schlucken. Vor ihr der Teller – sie könnte spucken, aber da schwimmen die Fettaugen auf der Soße und schauen sie an.

„Welche Löcher?" Melanie beobachtet alles von der anderen Seite der Mauer aus. Oxana zeigt nochmal mit den Fingern auf ihr Lächeln.

Melanie schnaubt nur. „Rosa ist gar nicht mit Chris' Vater verwandt", sagt sie und kaut. Dann erstarrt ihr Gesicht.

„Wer ist verwandt?", fragt Kai. Er wedelt unsichtbare Krümel vom Tisch. Ein Weinglas fällt um. Blutlache auf Chlorgebleichtem. Stühleschaben. Babsis Schal hat Flecken. Sofort herauswaschen. Sofort. Zitronensäure oder Salz. Alle aufstehen, Tellergesichter aufheben, Tischhaut abziehen. Rosa würgt heimlich auf ihren Teller.

Kais Rücken ist gestresst. Er versucht, das Weiß zu retten. Oxana will helfen. Ihm soll nicht geholfen werden. Er nimmt die Blutlache mit und Babsi verschwindet mit ihm. Der Rest bleibt um den Tisch herum stehen, und starrt auf die nackte Tischoberfläche. Jeder hat etwas in der Hand, der Rest der verschmierten Schalen, Teller und Flaschen steht auf dem Klavier, auf dem Sofa, auf dem Boden.

Da beginnt Melanie zu lachen. Sie lacht und hört nicht mehr auf.

Babsi und Kai kommen zurück. Neue Tischdecke und Dessert. Oxanas Kuchenbehälter hat Kai vergessen. Gegessen wird, was er geplant habe – abgestimmt auf den Hauptgang. Und warum lache Melanie so. Was war der Witz?

„Das weiß niemand so genau", sagt Chris. Sein Lächeln ist zu breit. Die Augen zu glänzend. Die Wimpern um sie herum sind so lang wie bei einem Kind.

Melanies Lippe wölbt sich, umrundet das „Doch". Der Kopf kippt und der Gaumen glänzt feucht. „Jetzt schon. Du hast deine Schwester geknallt."

Dröhnen im Raum, Dröhnen im Kopf. Der Vogel kriecht Rosa durch die Speiseröhre, versucht zu fliehen. Unverständliche Münder. Kehlköpfe. Blecken der Zähne, Blecken der Grübchen. Nacktes Schüsselbein. Fragen. Fragen an sie. Und die Augen. Stimmt das?, sagt Babsi. Nikitas Babsi.

„Babsi hatte auch was mit Chris", ist die Antwort, die Rosa aus dem Mund kommt. Der Vogel steckt irgendwo eingeklemmt unter der Drosselgrube.

„Was?"

Immer noch schallendes Gelächter, Melanies Hände auf dem Tisch, Fächer aus Ringen, Schatten auf der Tischplatte. Haare.

„Sie lügt!" Finger am Ohrläppchen, Arm um den Bauch.

Zwischen ihnen der Tisch. Die Mauer rollt über den Boden.

„Chris?"

„Sie lügt!"

Und immer noch die Grübchen. Manisch entblößt. Nikitas Finger, die leise, liebevoll die Tischkante entlang fahren, auf der Suche nach einer Klaviatur. Ein gebeugter Finger. Klopfen. Takt. Herzschlag.

„Ich verstehe nicht", sagt ein Rücken. Der Nachtisch wabbelt in der Schale. Vor dem Fenster Samuels Augen.

Tasten nach der Tür, nach irgendwas, hinter ihr nur Leere. Nikita streichelt den Tisch und schaut, schweigt. Dann zieht sich die Tischdecke unter seinen Füßen zusammen und ein Kopf knallt gegen das Klavier, immer wieder, bis alle Töne fluchen. Alles Hurensöhne. Die Glühbirne erlischt. Schnaufende Dunkelheit. Schlussakkord.

Wo ist das Messer?

Arina Molchan, vorgestellt von Daniela Gassmann

Arina, 1989 in Vitebsk, Weißrussland, geboren, hat früher jeden Sommer auf dem Land verbracht. Da gab es zwar kein fließendes Wasser, dank der familieneigenen Imkerei aber umso mehr Bienenstiche. Diese Kindheit ist für Arina ein Ort der Inspiration, obwohl seit dem Umzug in den Schwarzwald ein Sprachchaos in ihrem Kopf herrscht. Ihrer Neigung zum Eskapismus wegen entsteht beim Schreiben meistens Märchenhaftes oder, wie in dieser Geschichte, ziemlich schräges Theater.

Abschied, Bruder

Daniela Gassmann

Der Tag begann mit einem Sommerregen, der sich in meinen Schlafanzug sog, und einer Nachricht in meinem Briefkasten. Förmlich sah die Nachricht aus, wegen des Stempels von der Stadt. Wenn der Absender irgendeine Stadt gewesen wäre, dann hätte ich den Brief auf irgendeinen Stapel gelegt, später mit der Schere und keinem besonderen Interesse aufgeschnitten und dann wieder auf einen Stapel gelegt, vielleicht sogar in den Papierkorb geworfen. Aber es war nicht irgendeine Stadt. Es war die Stadt, die ich mal mein Zuhause nannte. Mein Zuhause als ich noch ein Junge war und inzwischen nur noch meine Herkunft, diese Stadt war es und das machte die Nachricht zu einem Gespenst.

Die Stadt ist ein Kurort, sie trägt ein Bad vor ihrem eigenen Namen, denn es gibt dort eine Quelle und deshalb auch ein Thermalbad und eine Sprudelfabrik, von der wir früher unseren Sprudel holten. Auch einen Ballsaal gibt es da und viele alte Menschen, die zum Sterben kommen. Sie machen eine Kur und laufen eine Runde um den See. Der See ist gar kein richtiger See, sondern eher ein Ententeich. Wenn man klein ist, dann kann man einmal herum spazieren in zwanzig Minuten vielleicht, weil man Kinderschritte macht und sich immer wieder zu den Enten bückt. Wenn man erwachsen ist, dann umrundet man den See in unter fünf Minuten, außer man ist sehr alt und zum Sterben da.

Die Stadt als Stadt zu bezeichnen, ist übertrieben. Außer den Alten gibt es einen Metzger, den Franz, eine Konditorei, die Mission, eine Eisdiele und Nachbarn, die immer über die Hecke der Anderen gucken.

Es sind nicht die Alten in der Kur und auf dem Seniorenball und um den Ententeich herum, die den Brief von der Stadt zu einem Gespenst machen. Es ist die Tatsache, dass die Stadt für mich gestorben ist. Vor langer Zeit habe ich sie begraben und dann zurückgelassen. Deshalb ist es der Brief von einem Gespenst, deshalb habe ich ihn noch nicht geöffnet. Und mich im Büro krankgemeldet. *Ich habe Magen-Darm*, habe ich in den Hörer gesagt und der Hörer hat es an meinen Chef weitergeleitet. Bei Magen-Darm fragt niemand weiter nach, deshalb habe ich mich dafür entschieden.

Jetzt liegt der Brief neben der Fernbedienung auf dem Couchtisch, wo er nicht hingehört. Das Adressfenster des Briefes hat sich in ein Auge verwandelt, das sieht, was ich tue, aber ich schaue zurück. Ich sehe den bestempelten Brief, ohne hinzugucken, ich spüre ihn hinter mir. Er macht mir eine Gänsehaut und vielleicht macht er auch den Sommerregen, denn Gespenster tun sowas.

***

Mit einer Hand öffne ich das Eisentor. In der anderen zittert der aufgeschnittene Brief von der Stadt zwischen Daumen und Zeigefinger.

1, 2, 3,…

Vom Tor sind es 76 meiner Schritte bis zu Mutti und Vati, manchmal auch 77. Ich zähle die Schritte, damit ich nicht denken muss. Ich gehe die Schritte schnell, auf einem unbefestigten Schotterweg mit weißen Klecksen aus Taubenscheiße (…, 17, 18,…). An der Taubenscheiße störe ich mich nicht, nur um die Regenwürmer laufe ich Slalom. Der Sommerregen, unter dem die Nachricht heute Morgen im Schutz des Briefkastens gewartet hat, muss bis hier gekommen sein (…, 36,…). Bis zur Sprudelfabrik und der Metzgerei Franz, den Alten und den Kindern, die wegen ihm keine Runde um den See machen konnten. Bis zum Friedhof. Wenn es geregnet hat, dann kriechen die Würmer aus der Erde, damit sie nicht ertrinken.

Die Regenwürmer beherrschen diesen Friedhof, sogar alle Friedhöfe. Sie bestimmen, wo wir Menschen unsere Füße hinsetzen. Sie können überall hin, während wir auf dem Weg bleiben müssen. Das Verrückteste daran ist (…, 43, 44, 45,…), dass sie Mutti und Vati ganz nah kommen, während ich mich mit einem rotstichigen Marmorstein zufrieden geben muss (… 59, 60,…). Am liebsten würde ich die Würmer fragen: *Wie geht es Mutti und Vati da unten?*, *Können sie mich sehen?*, *Sind sie zufrieden mit mir?* Aber ich weiß es besser. Sie werden nichts sagen, die Regenwürmer genauso wenig wie Mutti und Vati.

…, 74, 75, 76, ich bin da!

Der Grabstein ist altbacken und in die Form eines liegenden Eis gehauen. Ich ärgere mich noch heute darüber, dass ich mich beim Steinmetz nicht durchsetzen konnte. Wenn ich damals nicht nachgegeben hätte, dann wäre es ein Granit geworden. Schlicht, stilvoll und mit Gravur. Leider habe ich aber nachgegeben. Deshalb steht da jetzt ein Stein, der in erster Linie den schlechten Geschmack meines Bruders repräsentiert. Daneben stehe ich und vertraue dem Stein den sorgfältig aufgeschnittenen Brief an. Ein Gespenst auf dem Friedhof.

30.06.2014

Sehr geehrter Herr Stratmann,

im Grab Nr. 153 in der Abteilung Nord des Stadt-Friedhofes Bad Liebenzell befindet sich das Grab Ihrer Eltern, Leni und Otto Stratmann. Nun hat der Gemeinderat am 12.04.2014 beschlossen, den Stadtfriedhof wieder für Erdbestattungen zuzulassen, da der Waldfriedhof in den nächsten Jahren für Familiengräber keinen Platz mehr bietet. Einerseits können wir damit den lang gehegten Wunsch vieler Liebenzeller erfüllen, im Stadtfriedhof wieder erdbestattet werden zu können, andererseits erfordert dies aber auch das Abräumen vieler Gräber.

Bezüglich der Abräumung kommen wir nun auf Sie zu, da Sie bei uns als Grabpflegender und Nutzungsberechtigter eingetragen sind. Wir bitten Sie, das Grab abzuräumen. Grabmal und Grabzubehör müssen entfernt werden. Die Aschekapseln verbleiben im Grab, da bei zukünftigen Erdbestattungen weitere Urnen problemlos darüber gebettet werden können.

Der Sachverhalt stellt sich so dar, dass lt. Friedhofssatzung eine Ruhezeit von 20 Jahren besteht, die für Ihr Grab am 31.07.2014 endet. Die gesetzliche Ruhezeit liegt bei 15 Jahren. Bei der Beisetzung Ihres Vaters im Juli 1994 wurde das Reihengrab für 20 Jahre erworben und ist somit bis Juli 2014 bezahlt. So sehen wir uns genötigt Ihnen mitzuteilen, dass ein Abräumen spätestens bis zum 31.07.2014 erfolgt sein muss.

Mit freundlichen Grüßen,
Annette Heuwieser

***

Für das *Sehr geehrte Frau Heuwieser* habe ich eine Viertelstunde gebraucht, sonst ist nur Weiß auf dem Bildschirm. Wieder liegt der Brief auf dem Couchtisch neben der Fernbedienung, noch immer passt er hier nicht hin. Seinen Spuk hat er nicht verloren, als ich ihn aufgeschnitten habe, nicht einmal nachdem ich auf dem Friedhof war.

Ich will die Grabauflösung verhindern, sehen, ob sich etwas machen lässt. Dazu das Schreiben an die sehr geehrte Annette Heuwieser. Das blöde Marmorei und die Grabumrandung kann ich doch nicht einfach abräumen und dann entsorgen lassen. Als würde es sich dabei um die kalten Reste eines Sonntagsessens handeln, um die abgenagten Hühnerschenkel, die Mutti auf den Komposthaufen im Garten schmiss.

Das Schlimmste ist, dass sie das Grab mit neuen Toten decken wollen, frische Urnen über die Blechkapseln meiner Eltern platzieren. Die Kapseln wurden vom Bestatter verlötet, vielleicht wegen der Würmer. Oder wegen der Ewigkeit. Jetzt müssen Mutti und Vati die Ewigkeit mit anderen Toten teilen. Wer weiß, was das für Leute sind. Man wird einen neuen Stein mit fremden Namen über Mutti und Vati setzen, damit andere Söhne ihre Eltern besuchen können. Da sind mir sogar die Würmer lieber. Das Handy piept, eine SMS.

Hi Michi, lang nichts gehört. Hast du den Brief bekommen? LG Alexander.

Mit Alex ist es ähnlich wie mit der Stadt, die einmal mein Zuhause war und jetzt nur noch meine Herkunft ist.

Hi Alex, wie geht's? Ja, habe ich. Doof. LG Michael

Bruder ist das Wort für unser Verhältnis, früher war es noch vielmehr als dieses Wort. Ein gemeinsames Leben.

Hi Michi, ja doof. Sonst alles in Ordnung bei mir. Und wie geht's dir? LG Alexander

Unsere Betten berührten dieselbe Wand zwischen zwei Zimmern, manchmal unterhielten wir uns mit Klopfzeichen oder klopften einfach nur, um den anderen zu nerven und um zu sagen *hallo, ich bin noch da, ich bin nebenan.*

Auch ganz gut, eigentlich. Tippe gerade Antwort an Fr. Heuwieser vom Friedhofsamt wg. Vertragsverlängerung. Michael

Das alles ist lange her. Geblieben ist ein Wort. *Bruder.*

Geht leider nicht, habe schon alles versucht. Bei Fr. Heuwieser, dem Bürgermeister etc., Antwort war: nein. Alexander

Wenn man darauf achtet, dann klingt dieses Wort seltsam, vor allem wenn man es wiederholt. *Bruder. Bruder, Bruder, Bruder.*

Sicher? Finde, das können die nicht machen. Michael

Doch. Brauchen den Platz für die Schwestern von der Mission bei der Eisdiele, weißt du noch? Alexander

Ja! Jeden Sonntag, Vanille und Haselnuss. Michael

Bis heute kein besseres Haselnusseis gehabt. Alexander

Dito. Michael

Darauf kommt nichts mehr von Alex. Wie lange es jetzt wohl her sein mag? Das letzte Mal, da hat er mich im Krankenhaus besucht. Das war im Januar 2011, also sind mehr als drei Jahre vergangen.

Damals dachte ich, ich sollte Alex informieren, auch wenn die OP nichts Großes war. In jedem Nasenloch hatte ich ein Tampon stecken, darunter klebte der Hals-Nasen-Ohren-Arzt ein Pflaster, damit alles drin bleibt. Die Tampons haben sich vollgesaugt mit Blut, sind größer geworden und haben sich mit meiner Nasenschleimhaut verkrustet. Das hat sich angefühlt wie Explodieren oder zumindest wie aufs Explodieren warten. Wenn ich mich daran erinnere, wird mir schwindlig. Aber das musste sein, damit die Scheidewand auch wirklich gerade bleibt und ich wieder Luft bekommen würde.

Ich lag mit meiner Dränage auf dem Rücken, noch ziemlich weggetreten von den Schmerzmitteln, und konzentrierte mich darauf, nicht zu explodieren. Da klopfte Alex an die Tür, unangekündigt, und kam herein, bevor ich herein sagen konnte.

Hallo Michael. Anzug und Aktentasche passten nicht zur Krankenhauswelt. Wie war die OP?

Schmerzhaft, aber ist alles gut gegangen.

Die Sache war die, dass ich ein Nachthemd trug, ganz seltsam näselte und noch ziemlich fertig war. Das Nachthemd war aus fast durchsichtigem Babyblau. Ich dachte, es wäre das Beste, darüber einen Witz zu reißen, aber mir fiel keiner ein und Alex stand weiter da.

Wie geht's dir sonst, Michi?

Gut. Danke. Obwohl ich mich im Krankenhausbett fremd fühlte, probierte ich den Gastgeber. *Willst du dich setzen?*

Alex setzte sich auf die Bettkante, direkt neben meine Zehenspitzen, mit einem Nicken, aber ohne Worte. Kramte nur in seiner Ledertasche, die farblich exakt zum Anzug passte, wie immer, und holte ein flaches Quadrat heraus: Pralinen, Mon Cheri.

Ich habe dir was mitgebracht.

Ich glaube, ich ließ mir etwas anmerken. Danke habe ich zwar gesagt und lächeln konnte ich ja nicht, das hätte zu sehr wehgetan. Trotzdem hat Alex es kapiert.

Stimmt was nicht damit?

Naja. Ich mag keine Pralinen mit Fruchtfüllung und Alkohol. Mochte ich noch nie. Ist auch gefährlich in Kombination mit den Schmerzmitteln.

Ach Michi, jeder mag doch Mon Cheri. Die sind auch nicht stark.

Ich nicht, Alex. Ich nicht... Aber trotzdem danke.

Danach erzählte er von seinem neuesten Projekt, eine Kampagne für ein großes Telekommunikationsunternehmen oder so. Ich habe nicht richtig zugehört. Ich war zu geschlaucht von der OP und musste immerzu die Pralinen auf dem Nachttisch anstarren. Wenn ich ehrlich bin, kann ich nicht viel anfangen mit diesen Gesprächen über Karriere, das ist nicht meine Welt. Alex hätte wissen müssen, dass mir Mon Cheri überhaupt nicht schmecken und ich keinen Alkohol vertrage. Das habe ich ihm tausend Mal gesagt, früher. Aber er hat es vergessen.

Das war das letzte Mal, dass wir uns gesehen oder etwas voneinander gehört haben. Bis jetzt.

***

Es kamen noch mehr SMSen von Alex, ganz viele SMSen. *Wann sollen wir es machen? LG Alexander* stand in der Ersten.

Wir haben uns darauf geeinigt, es morgen zu machen. *Je schneller wir es hinter uns bringen, desto besser. LG Alexander*

Ich habe Wert darauf gelegt, dass wir es tun und nicht von einem fremden Menschen erledigen lassen. *Schlage vor, wir machen es selbst, ist persönlicher. Und wird sonst teuer. LG Michael*

Das bedeutet, dass wir den Marmorstein und die Umrandung aus Eisen irgendwie rauskriegen müssen, dann das Unkraut aus dem Grab ziehen und die Erde glätten.

Habe eine Schaufel besorgt. Alexander war das Letzte, was ich von Alex gehört habe. Meine Antwort: *Super! 15.00 am Parkplatz. Michael*

***

15.03 Uhr, sagt die Anzeige auf der Armatur. Rot, sagt die Ampel. Ich bin noch nicht mal am Ortsschild vorbei. Im Rückspiegel sehe ich die Sprudelfabrik. Hochbetrieb. Die Arbeiter beladen einen Laster mit denselben Glasflaschen, die Vati nach der Arbeit kastenweise mitgebracht hat. Sprudel und Apfelschorle, Limo nur für besondere Anlässe. Es ist ein ehernes Gesetz, dass alle Ampeln rot sind, wenn ich es besonders eilig habe. Ich wünschte, die Anzeige würde etwas anderes sagen und ich könnte Mutti und Vati noch ein wenig in der Erde lassen. Aber sie wechselt auf 15.04 Uhr und gegen Anzeigetafeln sollte man sich nicht wehren. Sie sind stur.

Wenn ich nervös bin, dann spüre ich mein Herz klopfen, ohne mir an die Brust langen oder meine Halsschlagader tasten zu müssen. Ich spüre es auch so, jeder Schlag eine Ohrfeige. Das fühlt sich unangenehm an, aber auch vertraut und vertraut ist gut. Nicht, dass ich heutzutage ständig Ohrfeigen bekommen würde, das ist schon lange her. Mutti neigte dazu, mir hin und wieder eine zu geben, aber das hatte ich längst vergessen. Backpfeife nannte Mutti das und etwas, das man Backpfeife nennt, muss harmlos gewesen sein. Muttis Hände waren immer frisch gecremt und rochen nach Lavendel, manchmal auch nach Spüli. Harmlos.

Vor der Eisdiele drängeln sich Kinder. Wie damals. Die Backpfeifen trage ich Mutti nicht nach, denn sie waren liebevoll gemeint. Ein Zeichen ihres Interesses an mir. Andere Zeiten waren das damals und man konnte sich glücklich schätzen, wenn es nicht der Vater mit dem Ledergürtel tat. Mein Vati tat es nicht, höchstens zwei- oder dreimal insgesamt. Das tat alles nicht weh, zumindest nicht so sehr. Ob es unangebracht wäre, auf dem Rückweg eine Kugel Haselnuss zu probieren?

Ein bisschen tut es jetzt weh, wenn mir mein Herz die Backpfeifen gibt, aber auch nicht so sehr.

Schon 15.05 Uhr. Eigentlich bin ich nie zu spät, aber wenn ich spät dran bin, macht mich das nervös. Das einzige, was mich dann beruhigt, ist das Herzklopfen als Metronom zu benutzen – *klopf* - *klopf* - *klopf* – *klopf* - und leise dazu zu summen - *mhh* - *mhh*- *mhh* – *mhh*. Alle Bewegungen mache ich auf ein klopf, auf ein mhh. Das hilft.

Klopf/mhh – Blinker links – *klopf/mhh* – *klopf/mhh* – Nase kratzen – *klopf/mhh* – Kupplung drücken – *klopf/mhh* – dritter Gang – *klopf/mhh* – *klopf/mhh* – links abbiegen – *klopf/mhh* – Bremse drücken – *klopf/mhh* – nun ist es so weit: Der Parkplatz liegt vor mir.

Auf dem Parkplatz stehen nur zwei Autos. Klar, einen perfekten Sommertag verbringt man lieber mit den Lebenden als mit den Toten. Zwischen den Autos steht ein Mann in hässlichen Kakhihosen und eine Schaufel, nur einen halben Kopf kleiner als der Mann: Alex. Derselbe Alex, der sonst immer eine Ledertasche in der Farbe seines Anzuges um die Schulter hängen hat. Alex, der Karrieremensch. Die männergroße Schaufel hält er im Arm wie einen Kumpel. Die beiden sehen so absurd zusammen aus, dass ich meinen Rhythmus verliere. Die Anzeigetafel sagt: 15.07 Uhr.

Hi Michi. Dazu gibt er mir eine Mischung aus Handschlag und Umarmung, steif wie seine Schaufel. *Guck mal, was für eine Riesenschaufel! Und diese Schweinehitze. Und bist du traurig, Michi?*

Bin ich traurig?

Ich sollte traurig sein. Wir werden in Muttis und Vatis Grab herumbuddeln und dann wird es nicht mehr ihres sein. Wir machen den Ort kaputt, der für mich 20 Jahre lang *bei meinen Eltern* war. Wenn ich jemandem sagte, ich würde *bei meinen Eltern* vorbeigucken, dann meinte ich dieses Grab damit. So oft war ich nicht hier, wenn ich ehrlich bin. Fast nie. Aber ich wusste, ich kann kommen, wenn ich will. Und an allen anderen Tagen waren sie gut aufgehoben in ihren Urnenbetten in der Erde, in ganz viel Erde, mit Würmern darin und einem steinernen Ei obendrauf. Sie waren sicher hier. Sie waren stumm.

Jetzt kommen wir, um das Ei mit ihren Namen drauf und den Zaun um ihr Grab herum zu holen. Dazu scheint die Sonne und unter der Sonne fragt Alex: Bist du traurig, Michi?

Ich sage *ja, Alex, ja ich bin sehr traurig, todtraurig, was denkst du denn, Alex?* Aber ich bin mir nicht sicher. Unter dem blauen Julihimmel neben einem Alex in Khakihosen kann man nicht so einfach traurig sein. Das passt hier nicht her. Trotzdem sage ich *ja!*, immer wieder, *ja!, ja!, und wie ich traurig bin, ja!*, so lange bis ich mir selber glaube. *Ja!*

Alex klopft mir auf die rechte Schulter, für jedes *ja!* einmal, ganz steif. Dabei gehen wir zum Tor (1,...), durch das Tor hindurch (..., 2, 3, 4,...) und über den Taubenklecksweg. Alex läuft im Slalom vor mir, *wie albern!*, obwohl da heute keine Regenwürmer sind. Ich bemerke seine sauberen Trekkingschuhe (..., 14, 15,...), die er garantiert extra für heute gekauft hat, *wie albern!* Aber an Geld fehlt es ihm ja nicht (…, 31, 32…).

Ich trage mein Hemd für ganz andere Anlässe, für besondere und doch genau für diesen einen Anlass heute. Ob sie wissen, Mutti und Vati, dass wir kommen, um ihren Stein und ihren Zaun zu holen (…, 44,…)? Nur, damit Platz für die neuen Toten ist. Ihre Urnen, ihre Namen. Ihre Blumen. Ob sie einen albernen Alex in Tarnfarben und mich in meinem Hemd für besondere Anlässe sehen? Ich habe es auch bei ihren Beerdigungen getragen (…, 62, 63,…), es ist nämlich schwarz. Vatis Beerdigung war sogar der Anlass für den Kauf. Die Knöpfe sind ebenfalls schwarz und sie schimmern ein bisschen, das fand ich schick, aber auch aufmunternd, irgendwie. Ein bisschen Glanz kann nicht schaden im Angesicht einer toten Mutter, eines toten Vaters.

…, 86, 87, 88! Noch nie habe ich so viele Schritte gebraucht bis zu Mutti und Vati, bis zu ihrem Ei, bis zu ihren Regenwürmern. Vielleicht sind wir so langsam, weil Alex seine albernen Trekkingschuhe noch nicht eingelaufen hat. Vielleicht hat er aber auch Angst. Immerhin hat er nicht ein Wort gesagt, seit wir durch das Tor gegangen sind. Ich auch nicht.

Nun ist es soweit. Das Marmorei funkelt unter der Sonne von heute, glänzt fast so schön wie meine Trauerknöpfe. Ich schwitze unter dem langärmeligen, schwarzen Stoff. Das Marmorei sieht jetzt gar nicht mehr so hässlich aus. Gerade heute muss es glänzen, muss der Himmel blau sein, die Sonne knallen. Und dann Alex in Khakihosen! Das passt doch nicht, es passt alles nicht zusammen!

So schlecht finde ich den Marmor gar nicht, also wenn die Sonne drauf scheint. Das sage ich, damit Alex sich besser fühlt. Er sieht so albern aus und ich bin froh, so froh, dass er da ist.

Jetzt geht es los, es geht los mit der Schaufel. Als Alex sagt *Ich mache das schon!*, will ich sie ihm aus der Hand reißen. Aber dann macht er es gar nicht schon, er traut sich nicht mal ins Grab zu stechen. Nichts passiert und Alex gibt mir die Schaufel und nichts passiert und ich gebe sie ihm und nichts passiert und er gibt sie mir und ich gebe sie ihm und nie sehen wir uns dabei an.

Es dauert lange, bis wir in das Grab stechen, erst Alex, dann ich, dann

Alex, dann ich, eine Endlosschleife. Wir stechen in die Erde ganz nah am Ei und stechen und stechen mit der Schaufel, die so groß ist, dass sie unser Freund sein könnte.

Wir stechen, aber die Schaufel ist nicht unser Freund. Nur stumm und schwer und unbeweglich.

Wir stechen, aber die Sonne scheint und die Erde bleibt Erde. Die Toten und der Friedhof und die Schaufel kümmern sie nicht.

Vielleicht müssen wir da anders rangehen. Das sagt Alex oder sage ich es oder sagen wir es beide? *Wir sollten unsere Hände nehmen, so kommen wir besser unter den Stein.* Also gehen wir auf die Knie, meine Hose ist mir ganz egal, und nehmen die Hände und graben wie die Tiere, wie die Maulwürfe und schwitzen dabei wie die Schweine.

Was für eine Schweinehitze, es ist ganz egal, wer das sagt. Alex oder ich, ich oder Alex. Wir beide.

Wir graben nebeneinander. Der Mann in Kakhihosen und der in Trauerschwarz mit den glänzenden Hemdknöpfen unter der glänzenden, funkelnden, brennenden Sonne. Unsere Rücken beugen sich, unsere Arme berühren sich, erst vorsichtig, aber dann ganz selbstverständlich, als würde es nicht wehtun, wenn unsere Ellenbogen gegeneinander schlagen.

Wenn Alex sich vorbeugt, dann sehe ich über dem Bund seiner Khakihosen Haut und Haare und den Anfang einer Ritze wie bei einem Bauarbeiter. Das ist der Moment, in dem ich das Traurigsein aufgebe.

Mir schlägt das Herz wie tausend Backpfeifen, tausend auf einmal, aber dass Alex' Po in der Sonne glänzt, beruhigt mich irgendwie.

Wir graben weiter, die Erde schmeißen wir hinter uns auf den Weg zu den Klecksen der Tauben. Aber es ist nicht viel, es ist nur ein bisschen, der Rest der Erde kümmert sich immer noch nicht oder kriecht uns unter die Fingernägel. Die Nägel und das darunter brennen, sie werden sich bestimmt entzünden. Wir werden die Nägel später abknipsen müssen, ganz sorgfältig, bis wir auch den Anfang der Nagelhaut abknipsen und der Dreck ins Fleisch kriecht.

Alles, was wir dabei sagen, und es ist nicht viel, sagen wir beide. Zumindest könnten wir es beide gesagt haben.

Jetzt stehen wir und drücken mit den Handflächen gegen das Ei. Es fällt um. Wir erschrecken. Alex klopf mir wieder auf die Schulter, aber anders als vorher. Dazu viele Wörter, von denen es nur eins bis zu mir schafft. *Teamwork.* Nur noch die Befestigung muss weg, die das Grab einzäunt. Sie lässt sich gar nicht lockern, nicht mit Stechen, nicht mit Buddeln. Wieder nehmen wir die Schaufel, erst ich, dann Alex, dann ich, dann Alex und diesmal stechen wir nicht, wir schlagen sie gegen die Befestigung, aber die Befestigung bewegt sich nicht. Wir schlagen gegen die Befestigung und schlagen und schlagen, wie die Bekloppten und wieder in einer Endlosschleife. Ein Mann in Khakihosen und einer in Trauerschwarz, voller Erde unter den Fingernägeln und überall.

Bist du traurig? Diesmal frage ich es. *Bist du traurig, Alex?*

Ich frage das während Alex gegen die Befestigung kickt, es zumindest versucht, aber nur die schwitzende Juliluft erwischt. Das bringt ihn aus dem Gleichgewicht. Alex taumelt, dann fällt er zu Boden wie die abgenagten Hühnerschenkel auf den Kompost fielen.

Ich weiß nicht, ob er fällt oder ob er sich fallen lässt, aber ich weiß, Alex kann nicht anders und ich falle auch, falle auf die Erde, falle auf das Grab, Muttis und Vatis Grab und wir sitzen da und Alex antwortet nicht, wann wird er endlich seinen Mund aufmachen?, ich hänge an ihm, weil ich nicht weiß, was er antworten wird und er antwortet nicht, er öffnet nur den Mund und daraus kommt nichts, kein Wort, aber dann ein Lachen, das nicht mehr aufhört.

Alex sitzt in Khakihosen auf Muttis und Vatis Grab und lacht. Es ist kein schönes Lachen, er lacht wie eine Hyäne und dann lache ich auch, ich mache es nicht mit Absicht, das Lachen kriecht einfach aus mir heraus. Irgendwer hat es da reingesetzt und jetzt muss es raus, dazu schlägt mein Herz, das sind keine Backpfeifen, es sind Ohrfeigen, die schmerzen, es tut so weh, alles tut weh, hier auf dem Grab mit Alex unter der brennenden Sonne, aber trotzdem lache ich, warum lache ich?, warum lacht Alex?

Warum? Es tut doch weh, aber wir lachen und es tut weh, aber wir lachen und wir spucken uns aus Versehen ins Gesicht und lachen und es tut weh.

***

Als wir gehen, da lachen wir nicht mehr, da ist alles stumm. Das Marmorei haben wir einfach in ein Gebüsch gerollt, weil es zu schwer für uns war und die Form denkbar ungeschickt zum Heben ist. Ich zähle diesmal nicht die Schritte, nicht das letzte Mal, nicht heute, wo wir Mutti und Vati in einem Grab unter der Julisonne zurücklassen, das aussieht, als wäre dort ein Massaker passiert. Ein zerstochenes Grab ohne Namen, das nicht mehr ihres ist, nein, ich werde nicht zurückkommen. Das Grab wird mit anderen Toten gedeckt sein und da wird ein anderer Stein stehen, vielleicht ein schöner Granit und dazu ein anderer Sohn. Aber das werde ich nie erfahren.

Wir gehen auf dem Taubenklecksweg und sind stumm, auch als wir uns verabschieden, mit einer Umarmung, nicht mit einer wie von einer Schaufel, sondern einer echten. Eine Umarmung, bei der mir die Luft wegbleibt. Da bin ich stumm, genau wie Alex stumm ist und wir können nichts sagen, weil es nichts zu sagen gibt und wir müssen nichts sagen, weil wir beide wissen, es ist für immer. Wir sind stumm geworden und wir wissen, wir werden uns nie wieder sehen.

Daniela Gassmann, vorgestellt von Lydia Wünsch

Wie verhalten sich Menschen, wenn ihre Welt aus den Fugen gerät? Diese Frage stellt sich Daniela, 1990 in Calw geboren, beim Schreiben. Da sie sich in ihrem Studium der Soziologie schon zur Genüge mit Konformität und Normalsituationen beschäftigt, bringt sie ihre Charaktere lieber an Grenzen. Ein Glück, dass sich Daniela – nach sehr kurzen Ausflügen ins Ballett, Voltigieren, Flöten, Gitarrespielen, Aerobic, und zu den Pfadfindern – mit dem Scheitern so gut auskennt.

Egoistin

Lydia Wünsch

Am nächsten Morgen wache ich mit einem warmen Gefühl in der Magengrube auf. Ich denke an die gestrige Nacht. An die warmen, weichen Lippen. Das niedliche Kichern. Ja, ich freue mich darauf, sie wieder zu sehen. Jedes Mal wenn ich am Empfang vorbei gehe, werde ich ein wenig nervös. Dann kann ich es mir nicht verkneifen, irgendeinen Spruch loszulassen oder ihr zuzuzwinkern. Sie sieht schon verdammt gut aus in ihren schicken Klamotten. Und je öfter ich sie sehe, desto mehr gefällt sie mir. Sollte ich es wagen, sie nach ihrer Nummer zu fragen? Nach ihrem Facebook-Account? Ich weiß nicht...

Doch heute Morgen sitzt ein anderes Mädchen am Empfang. Anscheinend die Vertretung für Eleonora. Sie ist dunkelhaarig und sieht mich beim Reinkommen eindringlich und kühl an. Mir läuft ein Schauer über den Rücken. Sie ist so ganz anders als Eleonora. Irgendwie rauer und unaufgeräumter. Ich habe das Gefühl, sie zu kennen. Als ob ich sie schon mal irgendwo gesehen hätte. Der Gedanke geht mir nicht aus dem Kopf und begleitet mich den ganzen Vormittag. Beim Mittagessen frage ich einen Arbeitskollegen nach ihrem Namen. Ach, das ist Lola, sagt er lachend. Sie springt ab und zu hier ein. Aber eigentlich hat sie keinen festen Job. Sie will nämlich Schriftstellerin werden. Ist ein bisschen verrückt, die Kleine, aber ganz nett. Nett, sagst du? Ich fand sie eher kühl und distanziert. Fast schon unheimlich. Ja, das ist Lola. Sie kann aber auch ganz anders sein. Du solltest erst mal die komischen Sachen lesen, die sie schreibt. Das ist erst recht freaky. Im Gegensatz dazu ist ihr Gemüt sogar noch recht sonnig.

Nach dem Essen gehe ich am Empfang vorbei. Da ist sie wieder. Sie sieht genervt aus, während sie ihre Arbeit macht. Hübsch, aber genervt. Trotzdem spreche ich sie an. Hi, bist du neu? Wo ist denn Eleonora? Die ist krank. Ich bin für sie eingesprungen. Die grünen Augen starren mich ungeniert an. Mich fröstelt es. Irgendwie ist sie mir unangenehm. Dennoch bleibe ich noch eine Minute länger stehen, ehe ich mich losreißen kann. Hoffentlich kommt Eleonora bald wieder zurück. Dann werde ich nach ihrer Nummer fragen.

Am nächsten Tag sitzt da aber wieder Lola. Diesmal lächelt sie sogar. Sie bemerkt, dass ich humple. Alles klar bei dir? fragt sie in einem Ton, von dem ich nicht weiß, ob es eine Herausforderung oder Anteilnahme sein soll. Nein, habe mir beim Sport gestern den Fuß verknackst. Tut verdammt weh. Ach weh! Sie sieht mich mitleidig an. Ja, das scheint Anteilnahme zu sein. Sie lächelt sogar ein wenig. Sieht ja sogar ganz nett aus, wenn sie das tut. Hast du große Schmerzen? Ich nicke leicht beschämt. Es ist unangenehm, seine Schwäche zuzugeben, aber ihr Lächeln ist Balsam für meine Seele. Ich denke nicht lange darüber nach, als ich ihr am Abend eine Facebook-Anfrage schicke. Sie beantwortet sie innerhalb von Sekunden. Ich bin schockiert. Das hätte ich nun nicht erwartet. Mein Herz schlägt schneller. Was ist denn da los? Meine Finger gleiten wie automatisch über die Tastatur. Krass, wie gehst du denn ab? Was meinst du? Du hast meine Anfrage ja fast zeitgleich beantwortet. Na ja, ich liege im Bett, bekomme die Anfrage und beantworte sie halt. Jetzt muss ich aber schlafen. Gute Nacht. Gute Nacht, Lola. Sie ist schon ein seltsames Ding. Irgendwie unglaublich direkt. Ist mal was anderes. Ich merke, wie ich unvermittelt grinsen muss. Hoffentlich sitzt sie morgen wieder am Empfang.

Am nächsten Tag ist sie tatsächlich wieder da und ich spüre, wie meine Hände feucht werden. In der Pause hole ich mir einen Kaffee und treffe sie in der Küche. Verdammt, irgendwas hat die Kleine schon an sich. Sie trägt zu weite Hosen und abgetragene Lederschuhe. Ihre Haare fallen unordentlich ins Gesicht und an den Fingern trägt sie eine Menge großer Ringe, die nicht zusammen passen. Ihr Nagellack ist abgesplittert. Sie sieht mich ernst und direkt an. Man kann ihrem Blick nicht ausweichen. Sie kichert nicht, sondern fragt besorgt, ob es meinem Bein denn schon besser gehe. Das rührt mich, und ich bekomme das Bedürfnis ihr mehr von mir zu erzählen. Heute Abend gibt es eine Firmen-Party, oben auf der Dachterrasse. Kommst du auch? Ja, ich werde dort sein.

***

Kennt ihr das eigentlich? Wenn man das Gefühl hat, der Job frisst einen auf? Wenn man sich fühlt, als bestehe das Leben nur noch aus Arbeit. Als gäbe es darüber hinaus nichts anderes mehr. Man funktioniert einfach, wie eine gut geölte Arbeitsmaschine, aber fragt irgendwer auch mal nach deinen Bedürfnissen? Will irgendwer eigentlich auch mal wissen, wie es dir geht? Seit 34 Jahren stelle ich mich nun schon hinten an und frage mich, wann bin ich, Markus, eigentlich endlich mal an der Reihe? Wann beginnt mein Leben? Wann werde ich endlich ankommen? Ich strenge mich an und warte darauf, den Lohn für meine Mühe zu ernten. Denn irgendwie dreht sich doch alles im Leben immer nur ums Warten. In der Schule wartet man darauf, den Abschluss zu machen und dann im Studium wieder das Gleiche, nur um endlich arbeiten zu können. Geld zu verdienen. Möglichst viel Geld. Wenn man dann arbeitet, wartet man ständig nur auf den Feierabend, das Wochenende und das bisschen Urlaub im Jahr. Und letztendlich doch nur auf die Rente, oder? Und dann?

Man wartet auf die Gehaltserhöhung. Auf das Feierabendbier, auf die nächste Eroberung... Wenn man das Ziel erreicht hat, ist man für einen klitzekleinen Moment befriedigt, aber dann geht das Warten auch schon wieder los. Ich habe eigentlich immer alle Ziele im Leben erreicht. Mein Abitur, das BWL-Studium, den Job als Marketingleiter einer großen Firma. Und auch die ein oder andere Eroberung konnte ich schon verbuchen. Im Großen und Ganzen bin ich also zufrieden mit mir. Ich bin ein erfolgreicher und recht gutaussehender Typ, würde ich sagen. Die Frauen stehen in der Regel auf meine dunklen dichten Haare und meine etwas jungenhafte Statur. Als Kontrast dazu lasse ich mir hin und wieder gerne einen Bart stehen. Diese Mischung aus jugendlicher Verschmitztheit und Männlichkeit macht sich, glaube ich, recht gut beim weiblichen Geschlecht. Zumindest kann ich mich nicht beklagen. Dennoch fällt es mir nicht leicht, mich zu öffnen. Ich bin wohl einfach immer auf der Suche nach etwas Besonderem. Nach der einen Frau, die mein Glück endlich komplett macht. Die ist aber in einer Stadt wie München nicht leicht zu finden. Hier sind die meisten Frauen doch recht oberflächlich und materialistisch. Eine, die es schaffen könnte, mal hinter die Fassade zu blicken und mein wahres Ich zu erkennen... Ja, das wäre es! Aber ob ich so eine jemals finde? Dann würde sich vielleicht auch endlich mal das Gefühl des Glücks einstellen... vielleicht?

***

Nach der Party gehe ich noch mit Lola ein Bier trinken. Nur wir zwei. Da sitzen wir nun also. Irgendwie kann ich es kaum glauben. Sie lächelt und löst ihre Haare. Jetzt fallen sie ihr sanft ins Gesicht. Sie sieht einfach wunderschön aus.

Das hast du doch jetzt extra gemacht, nur weil du weißt, wie sehr mir das gefällt. Habe ich das wirklich gesagt? Sie sieht mich überrascht an. Eh... nein, ich habe das gemacht, weil mir die Kopfhaut weh tut, wenn ich längere Zeit einen Zopf trage, sagt sie, und es klingt sogar ehrlich. Diese Frau scheint das, was sie sagt, tatsächlich auch immer genau so zu meinen. Ich weiß nicht so recht, wie ich damit umgehen soll. Es fällt mir schwer, ihr in die Augen zu sehen. Trotzdem habe ich das Verlangen, ihr näher zu kommen und mehr über sie zu erfahren.

Erzähl mir von dir, Lola! Was machst du so, wenn du nicht gerade bei uns in der Firma einspringst? Was sind deine Ziele? Deine Wünsche? Deine Träume? Oh, das ist einfach, sagt sie. Ich will Schriftstellerin werden.

O.k.

...

Und sonst?

Nichts.

Wie, nichts? Es muss doch noch was anderes geben. Ich meine, Schreiben kann doch nicht alles sein. Wobei ich zugeben muss, dass es schon ein sehr ambitioniertes Ziel ist. Aber was ist denn zum Beispiel mit Männern? Oder einer Karriere? Du siehst toll aus und bist sehr intelligent. Du solltest was draus machen. Meinst du nicht?

Sie sieht mich nachdenklich an. Hm... also ich weiß gar nicht, ob ich mich selbst als besonders intelligent oder hübsch bezeichnen würde... eigentlich will ich einfach nur ein guter Mensch sein und glücklich werden...

Ach so... hm... ja, das klingt schön. Irgendwie aber auch unrealistisch.

Ach ja? Was ist denn daran unrealistisch?

Ich weiß nicht. Liegt vielleicht auch einfach nur daran, dass man so etwas nicht so oft hört. Die meisten Menschen erzählen von ihren Karriereplänen oder von Dingen, die sie sich kaufen möchten. Reisen, die sie planen und so. Aber du willst einfach nur schreiben, ein guter Mensch sein und glücklich werden. Und aus irgendeinem Grund glaube ich dir sogar, dass du es ernst meinst.

Wieso solltest du es mir denn auch nicht glauben?

Keine Ahnung! Ich muss lachen. Ich habe ehrlich keine Ahnung, Lola. Auch sie lacht nun, und wir sehen uns in die Augen. Ich spüre dieses Kribbeln im Magen. Das, das man als Kind öfter mal spürt, wenn etwas Aufregendes bevorsteht. An Weihnachten zum Beispiel, oder an Geburtstagen. Oder manchmal auch einfach nur so... ohne Grund. Ich kann mich daran erinnern, dass ich es früher oft unter der Dusche spürte. Keine Ahnung wieso gerade unter der Dusche... Seitdem ich erwachsen bin, habe ich dieses Kribbeln jedenfalls nicht mehr sehr oft. Aber jetzt, genau jetzt, spüre ich es ganz deutlich. Ich hatte schon vergessen, wie das ist. Es fühlt sich aufregend an. Ich bin auf einmal hellwach und voll da. Als wäre ich mit Energie geradezu aufgepumpt worden.

Soll ich dir mal was Witziges erzählen? Ihre grünen Augen blitzen und sie sieht mich neckisch an.

Klar, gerne!

Ich habe einen furchtbar hässlichen Hammerzeh am rechten Fuß. Sieht wirklich schrecklich aus! Zum Glück fällt das nie jemandem auf. Es ist ein schlimmer Schönheitsfehler. Sie lacht noch lauter und hält sich die Hand vor den Mund. Diese Hand mit den vielen Ringen und dem abgesplitterten Nagellack. Ich sehe nur noch diese Hand und diese grünen, blitzenden Augen und ich bin ganz erfüllt von dem warmen, kribbeligen Gefühl in meinem Magen. Ich könnte die ganze Nacht lang mit dir hier sitzen. Lola.

Später gehen wir spazieren. Sie erzählt mir von ihrem ersten Kuss und den verschiedenen Männern in ihrem Leben. Ich habe selten erlebt, dass jemand so ungeniert über all seine Erlebnisse berichtet. Sie scheint sich überhaupt keine Gedanken darüber zu machen, wie die Sachen ankommen. Ob sie gut dabei weg kommt oder sich total zum Affen macht. Sie berichtet mir peinliche Erlebnisse und wir biegen uns geradezu vor Lachen.

Sag mal, hast du eigentlich auch gute Erlebnisse mit Männern gehabt? Du berichtest irgendwie nur von Schlechtem. Von Männern, die nicht küssen konnten oder sonst irgendeinen Mist gebaut haben. Es kann doch nicht immer alles nur schlecht gewesen sein... hm... doch ja, aber die guten Erlebnisse sind ja langweilig. Es sind die komischen, bizarren, die hinterher interessante Geschichten abgeben, meinst du nicht? Ja, kann sein. Aber ich würde gerne wissen, wie es für dich sein muss, damit es gut ist. Hm... also wenn es gut ist, dann darf ich mir dabei nicht denken... Ja, das ist es eigentlich auch schon! Ich darf dann einfach gar nicht mehr denken. An absolut gar nichts. Das klingt schön, Lola. Wirklich schön.

***

Es ist Montag. Ein ganzes Wochenende konnte ich Lola nicht sehen. Ich bin aufgeregt. Ich freue mich auf die Arbeit. Ich freue mich auf die verrückte, kleine Schriftstellerin.

Doch an diesem Montag sitzt Eleonora wieder am Empfang. Einen Moment lang bin ich enttäuscht. Sie strahlt mich an. Sie sieht wieder mal bezaubernd aus. Und diese niedlichen, kleinen Zähne, wenn sie lächelt. Ich sollte wirklich mal was mit ihr trinken gehen. Wie ist denn eigentlich deine Nummer? Sie scheint ehrlich erfreut. So als hätte sie schon lange auf die Frage gewartet. Okay, ich schreibe dir heute Abend. Noch während ich das sage, frage ich mich, wann ich wohl Lola wiedersehen werde...

Ich sitze mit Eleonora im Café. Sie kichert viel. Sie erzählt von ihrem Fernstudium und ihren Reiseplänen. Sie ist schon ein nettes Ding und immer so schick. Ihr Nagellack ist nicht abgesplittert. Sie achtet sehr auf das, was sie tut. Ihre Wortwahl sowie ihre Bewegungen sind überlegt und bedacht. Sie trägt eine schicke Brille. Ich mag Frauen mit Brille. Das sieht irgendwie verrucht und dennoch intellektuell aus. Überhaupt hat sie irgendwas an sich, das sexy ist. Sie spricht mit einem ausländischen Akzent, rumänisch. Das ist reizend. Sie ist süß, aber sie wirkt ziemlich aufgeregt. Ich ertappe mich dabei, wieder an Lola zu denken. Gestern hat sie mir einen ihrer Texte geschickt. Die Sätze gehen mir nicht mehr aus dem Kopf...

Du sagst, du willst mich nicht verlieren, und alles was du tust, ist mich von dir fortzutreiben.

Du spielst mit mir Ping Pong.
Ich weiß jetzt, dass ich auf dein Handeln achten sollte, nicht auf deine
Worte.
Worte lügen. Deine Taten tun es nicht.
Selbst deine Untat verrät mir,
wer du wirklich bist.

Schmerz

Der Schmerz, so getäuscht worden zu sein.
Sich täuschen haben zu lassen, sich selbst etwas vorgemacht zu haben.
Reingefallen zu sein. Sich selbst reinfallen lassen zu haben. Vertraut zu
haben. Bedingungslos und sofort.
Von der ersten Minute an.

... und im Sommer liebe ich es, an den Strand zu gehen... Ich brauche das
einfach. Einmal im Jahr am Meer zu sein. Die nervösen, großen braunen
Augen sehen mich flackernd an. Jetzt nippt sie an ihrem Getränk und
stellt es sachte wieder ab, als hätte sie Angst, einen Fehler zu machen. Sie
blickt mich an und spitzt ihre Lippen. Ob ich sie wohl heute Nacht küssen
werde? Ach ja? Du liebst das Meer? Ist ja hochinteressant... Erzähl mir
mehr davon! Was gibt dir das Meer? Nun, ich bin dort aufgewachsen,
weißt du. Und es fehlt mir einfach. Im Sommer waren wir immer am
Strand. Ich liebe den Sommer. Hier in Deutschland ist es immer nur kalt.
Ich ertrage diese Kälte nicht. Sie macht mich so müde und schlapp. Ich
will dann immer nur schlafen, kann mich zu nichts aufraffen... Hm... ja....
so geht es wohl den meisten Menschen, antworte ich. Ja, das ist wohl so.
Sie strahlt mich aufgeregt an. Ich sehe wie ihre Unterlippe zittert. Sie
glitzert feucht und ihre Augen flackern. Ich werde sie heute Abend nicht
küssen. Erst will ich Lola wiedersehen.

Ich liege zu Hause im Bett, als mein Handy vibriert. Es ist Lola. Willst du
morgen auf meine Geburtstagsparty kommen? Ich feiere meinen Fünf-
undzwanzigsten und es wird ein Riesenfest. Würde mich freuen, wenn
du auch dabei bist. Kannst auch gerne ein paar Kumpels mitbringen, falls
du da nicht alleine aufkreuzen willst. Aber Eleonora wird ja auch da sein.
So kennst du zumindest schon mal eine Person. Hm... interessant. Beide
Frauen auf einer Party zu haben. Will ich das überhaupt?

Am nächsten Tag sitze ich mit meinem Kumpel Bernd an der Isar. Bernd arbeitet hin und wieder freiberuflich für meine Firma. Wir sind uns irgendwann mal auf einer Firmen-Party begegnet und aus anfänglicher Sympathie wurde schnell Freundschaft. Obwohl wir beide vom Wesen her recht unterschiedlich sind (Bernd ist ein eher ruhiger und zurückhaltender Typ), funktioniert diese Freundschaft nun schon seit immerhin acht Jahren. Vielleicht liegt das daran, dass unsere Werte in puncto Arbeit und Leben grundsätzlich gleich sind. Jedenfalls ist Bernd ein Erfolgstyp, der es mit seiner ruhigen und unaufdringlichen Art noch weit bringen wird. Dafür bewundere ich ihn manchmal ein wenig. Ich weiß nicht, ob ich den Mut hätte, freiberuflich zu arbeiten. Mir ist die Sicherheit einer Festanstellung lieber. Ich überdenke meine Handlungen genau und versuche alle Risiken auszuschließen. So auch bezüglich heute Abend. Ich weiß noch immer nicht, ob ich auf die Party gehen soll und denke angestrengt darüber nach, während die heiße Julisonne mir auf den Rücken brennt. Alles klar bei dir? Du bist so still heute. Bernds Blick durchbohrt mich regelrecht. Ich überlege, ob ich heute Abend zu einer Party gehen soll. Es ist die Geburtstagsparty einer neuen Aushilfe. Sie heißt Lola, und sie hat mich eingeladen. Aber Eleonora wird auch da sein und das könnte das Ganze kompliziert machen... Lola?! Bernds Stimme klingt überrascht. Doch nicht die von dem Event neulich? Die dort als Hostess gearbeitet hat!? Kann sein. Sie arbeitet jetzt öfter mal bei uns in der Firma. Wusste gar nicht, dass du sie kennst. Doch klar! Wir sind uns auf der anschließenden After-Show-Party begegnet. Die Kleine hat wie verrückt getanzt. So eine muss einem einfach auffallen. Wusste gar nicht, dass ihr in Kontakt steht. Erst seit kurzem. Du Bernd, ich hab' da ne Idee. Wie wär's, wenn du heute Abend mitkommst? Sie meinte eh, dass ich noch Kumpels mitbringen kann und ich will da nicht alleine aufkreuzen. Wenn sie dich sowieso schon kennt, umso besser. Sie freut sich sicher. Meinst du? Ich habe seit dem Event nichts mehr mit ihr zu tun gehabt. Das ist jetzt drei Monate her. Ach was, die Lola ist da bestimmt nicht so. Die sieht das locker. Hm... gut, ich komme mit. Bin mal gespannt, wie der Abend wird.

***

Schon von weitem sieht man eine Menschenmenge vor dem Lokal stehen. Ja, das muss Lolas Party sein. Genau so hatte ich mir das vorgestellt.

Bernd und ich schlängeln uns durch das Gedränge, auf der Suche nach ihr. Da steht sie ja. Sie unterhält sich mit einer Freundin und sieht einfach klasse aus. Die wilden Haare fallen ihr wie immer unordentlich ins Gesicht. Sie trägt eine hautenge Jeans und High Heels. Das sehe ich zum ersten Mal an ihr. Die Kleine kann ja auch eine richtige Lady sein. Ich dränge mich zu ihr durch. Sie sieht mich und fällt mir sofort in die Arme. Sie zittert leicht, und ihre Wangen glühen. Ich halte sie für eine Minute lang ganz fest, und sie scheint sich regelrecht an mich zu klammern. Dann schiebe ich sie ein wenig von mir weg und betrachte sie genauer. Ihre grünen Augen glänzen. Alles okay bei dir? Naja, ist mir gerade alles ein wenig zu viel, um ehrlich zu sein. Da sind so viele Menschen um mich herum und die sind alle nur wegen mir da. Es ist einfach zu viel. Dabei lacht sie und hält meine Hände krampfhaft fest. Ich verstehe dich vollkommen. In diesem Moment möchte ich sie einfach nicht mehr loslassen. Doch Bernd drängt sich nun von hinten heran. Ich muss ihm Platz machen und trete neben Lola. Als sie ihn erblickt, reißt sie ihre Augen weit auf. Eine Mischung aus Freude und Überraschung lässt sich auf ihrem Gesicht erkennen. Heeeeey, ich kenne dich! ruft sie aus und ihre Arme breiten sich einladend aus. Dieses Mädchen scheint wirklich gerne Leute zu umarmen. Dafür, dass sie sich nur einmal vor drei Monaten auf einer Party gesehen haben, scheinen sie mir schon sehr innig. Aber Lola ist eben ein sehr impulsiver Mensch. Und jetzt ist sie auch noch aufgeregt und leicht überdreht. Also ich würde sagen, wir gehen mal rein und holen uns was zu trinken, schlage ich vor. Ja das ist eine gute Idee, erwidert Lola. Eleonora ist übrigens auch schon drin. Ich bleibe noch ein wenig hier draußen. Mir ist es zu heiß.

Wir gehen in Die Bar und sehen uns um. Das Ambiente ist interessant. Mit dem vielen Holz und der scheinbar gedankenlos zusammengewürfelten Möbel, wirkt es, wie eine Mischung aus Münchner In-Lokal und Tante Emma Laden. Dennoch fügt sich alles harmonisch zusammen. Auch wenn man das auf den ersten Blick nicht glauben würde. Ja, dieser Laden passt zu Lola. Irgendwie vermittelt er das Gefühl von Wärme und Gemütlichkeit. Im hinteren Teil steht eine alte Couch mit Sesseln... Und da sitzt ja auch schon Eleonora. Ihre blonden Haare strahlen mich schon von weitem an. Sie ist mit ein paar anderen aus der Firma dort und sie sieht wieder mal umwerfend aus, mit diesen megahohen High Heels, einer hautengen Lacklederhose und einer hauchzarten, beigen Bluse darüber. All das registriere ich mit einem schnellen Blick. Sie unterhält sich mit einem Arbeitskollegen. Ich kenne ihn nur flüchtig. Im Grunde weiß ich nur, dass er Max heißt und schwul ist und zwar einer von denen, denen man das sofort anmerkt. Er redet mit dieser hohen Stimme und flattert dabei ständig aufgeregt mit den Händen. Jedenfalls scheint er ein großer Menschenfreund zu sein. Irgendwie hat er eine besondere Art, sie zu respektieren und ihnen einen gewissen Platz einzuräumen. Vielleicht liegt das daran, dass er schwul ist. Vielleicht müssen Schwule immer damit rechnen, anzuecken oder nicht zu gefallen. Das ist wohl die Grundangst, die tief in ihm steckt. Auch wenn er sich dessen wohl schon gar nicht mehr bewusst ist. Aber irgendwann war ja mal der Zeitpunkt da, als er gemerkt hat, dass er anders ist, und diese Erkenntnis muss sehr schmerzlich gewesen sein. Die Erfahrung, nicht perfekt zu sein, macht wohl ziemlich demütig. Man merkt plötzlich, dass man verletzbar ist, und man wird sanfter. Ich bewundere diesen Respekt gegenüber den Menschen und den Kräften des Lebens. Manchmal wünsche ich mir, ich besäße ihn auch.

Eleonora sieht mich und winkt mir aufgeregt zu. Dann - so als ob sie wohl gemerkt hat, dass es ein wenig zu viel war - dreht sie sich auch schon wieder desinteressiert weg. Interessantes Spiel, denke ich mir. Schade nur, dass sie dabei ein wenig zu offensichtlich ist. Dann schon eher wie Lola. Die versucht erst gar nicht, irgendwas zu verbergen. Wir setzen uns zu den anderen.

$$* * *$$

Rückblickend kann ich sagen, es war ein interessanter Abend. Lola wirbelte die ganze Zeit nervös von einem zum anderen und beruhigte sich erst gegen Ende der Party, als die Meisten schon weg waren. Eleonora war irgendwann ziemlich betrunken und kicherte in einem fort, während sie unzusammenhängendes Zeug erzählte. Aber das interessierte sowieso keinen. Die Männer achteten nur auf ihre gespitzten Lippen, ihren rumänischen Akzent und die blond gefärbten Haare. Anscheinend versuchte sie mich eifersüchtig zu machen, denn sie blickte mich immer wieder herausfordernd an, während sie irgendeinem anderen Typen fast auf den Schoß kroch. Irgendwie waren mir diese beiden hysterischen Frauen ein wenig zu viel. Mir schwirrte der Kopf und mein Bein fing plötzlich wieder an zu pulsieren.

Ich hatte schon so langsam die Schnauze voll, als Lola zu mir kam und sich plötzlich ganz nah neben mich setzte. Unvermittelt legte sie ihr Bein demonstrativ über meines, während sie sich mit Max unterhielt. Uns gegenüber saß Bernd, der sie fortwährend anstarrte.

Und genau in dem Moment kam der Punkt, an dem mir alles endgültig zu viel wurde. Ich rutschte von ihr weg, ans andere Ende der Couch. Ich wollte nur noch meine Ruhe. Gleichzeitig konnte ich mich aber auch nicht zum Gehen aufraffen. Mittlerweile war es drei Uhr nachts und die Kellner wollten so langsam schließen, während die letzten paar Hartgesottenen darüber berieten, ob noch weiter gezogen werden sollte. Ich stand nur als Beobachter dabei, als plötzlich alle von einem schrillen Kreischen unterbrochen wurden. Der Blick fiel auf Eleonora, die es doch tatsächlich geschafft hatte, den Absatz ihres High Heels im Abwassergitter vor der Bar einzuklemmen. Beim Versuch ihren Fuß zu befreien, hat sie dann auch noch das ganze Gitter mit herausgerissen. Dieses hing ihr nun am Schuh und sie kreischte noch hysterischer als zuvor. Ich war paralysiert. Das Kreischen zerrte an meinen Nerven. Lola sprang nach einer Schrecksekunde zu ihr hin und versuchte sie loszukriegen, während Eleonora einfach immer weiter schrie. Der Bartyp kam mit einer Flasche Öl dazu und schlug vor, es über den Absatz zu gießen, um den Schuh leichter herausziehen zu können. Lola hielt das für eine gute Idee und griff nach dem Öl, doch das brachte Eleonora erst recht aus der Fassung. Waaaaas??? Ihr wollt Öl über meinen teuren Lederschuh gießen??? Das ist Wildledeeeeeerr!!!! Fuck! Hör auf mir ins Ohr zu kreischen, fauchte Lola - nun auch genervt. Wir wollen es doch nur über den Absatz gießen, nicht über den kompletten Schuh! Kommt nicht in die Tüte, sagte sie nun immerhin ein wenig ruhiger. Das Öl kommt mir nicht in die Nähe der Schuhe. Ich lieeeeeeebe diese Schuhe! Schon okay. Nach weiteren Versuchen hatte Lola ihn dann aus dem Gitter gezogen. Ohne Öl, und die beiden Mädchen fielen sich lachend in die Arme. Schon verrückt, diese Weiber. Wie ihre Emotionen von einer Sekunde auf die andere umschwenken können, hat mich schon immer fasziniert. Nun wackelte Eleonora wieder betörend vor uns auf und ab, aber mittlerweile nahm sie keiner mehr ernst. Lola hatte sich seit der Couchsituation von mir entfernt gehalten und redete weiter weg mit ihren Freundinnen. Bernd blieb immer in ihrer Nähe, sagte aber kein Wort zu ihr. Da näherte sich mir Eleonora. Sie legte ihre Hand auf meine Brust und lallte mir irgendetwas Unverständliches ins Ohr. Ich konnte nicht anders und fasste ihr an den Hintern. In dem Moment, als ich ihn berührte, beugte sie sich weiter vor, um mich zu küssen. Das konnte ich leider nicht zulassen. Nicht vor den anderen und schon gar nicht vor Lola. Ich hielt sie von mir weg. Erschrocken starrte sie mich an. Ich sah, wie sich innerhalb von Sekunden ihre Augen mit Tränen füllten und dann, ganz unvermittelt - wahrscheinlich, damit ich ihren Schmerz nicht bemerkte - drehte sie sich mit einem Ruck von mir weg und ging. Sie sprang in ein Taxi, das just in dem Moment vorbeikam, und war auch schon weg, ohne sich von irgendwem verabschiedet zu haben. Das brachte jetzt zumindest Bewegung in die Gruppe. Plötzlich herrschte große Aufbruchstimmung. Man entschied sich, noch in die Disco zu gehen. Weitere Taxis fuhren heran und Lola stieg mit einem Teil der Leute ein. Mir und Bernd rief sie nur noch ein schnelles, und scheinbar desinteressiertes, Tschüss zu und schon war sie auch weg. Da standen wir nun und sahen uns ratlos an. Ich denke, ich werde nach Hause gehen. Wollen wir uns ein Taxi teilen? fragte ich Bernd. Ne, lass mal. Von hier aus habe ich es nicht weit. Ich werde die U-Bahn nehmen. Treffen wir uns morgen zum Mittagessen? Alles klar. Ciao, Alter.

***

Am nächsten Tag sitze ich mit Bernd beim Mittagessen. Schon bei der Begrüßung sehe ich sein breites Grinsen. Hey, was ist denn bei dir schief? Du strahlst ja aus allen Löchern! Wollte mich eigentlich nur für das Frühstück bedanken, zu dem du mich nächsten Sonntag einlädst. Wie jetzt? Ich verstehe nur Bahnhof. Na, Lola und ich gehen Frühstücken, von dem Gutschein für das Café, den du ihr zum Geburtstag geschenkt hast. Ach? Wie kommt es denn dazu? Nun ja, ich bin dann doch noch in die Disco gefahren und da hab' ich sie mir halt klar gemacht. Was, echt jetzt??? Du und Lola! Das ist nicht dein Ernst!? Aber sie ist doch so gar nicht dein Typ? Naja, eigentlich nicht. Aber sie hat etwas an sich, das mich fasziniert. Kann dir auch nicht genau sagen, was es ist. Aber irgendwie reizt sie mich schon. Und wenn man schon zum Frühstücken eingeladen wird, dann schlägt man so ein Angebot doch nicht aus. Also, danke Alter. Lachend zwinkert er mir zu und hebt sein Glas. Ich möchte ihm einfach nur noch in die Fresse hauen. Ich spüre die Enttäuschung bis tief in mein pulsierendes Bein hinein. So ein ausgefuchstes kleines Luder. Da lädt sie ihn von meinem Gutschein zum Frühstücken ein, und das nach nur einem Abend. Hätte nicht gedacht, dass sie sich so leicht hergibt. Und dann auch noch dieses selbstzufriedene Grinsen von Bernd. Endlich hast du mal nicht gewonnen, sagt sein Ausdruck. Endlich bin ich mal zum Zug gekommen. Ich grinse zurück, obwohl mir gerade zum Kotzen ist.

Am Abend schreibe ich Lola:

Soso...

Was?

Nur so....

Hä?

Alles klar bei dir?

Schon, und bei dir?

Ja, passt. Hab gehört, du gehst am Sonntag frühstücken.

Ja, stimmt! Danke dir übrigens für den Gutschein. Ist echt ein tolles Geschenk :)

Bitte gerne :) Ich hoffe nur, unser Kontakt bleibt auch in Zukunft bestehen!? ;)

Ja, warum denn auch nicht?

Genau diese Antwort wollte ich haben :)

Ich schreibe Eleonora:

Hey Kleines, wollen wir demnächst mal Essen gehen, vielleicht? Ich lade dich ein :)

***

Weißt du, wie lange ich schon auf diesen Moment gewartet habe? Seit einem Jahr flirtest du jetzt am Empfang mit mir und das ist das erste Mal, dass du es schaffst, eine richtige Einladung auszusprechen. Sie sitzt da, ganz in Schwarz und sieht zum Anbeißen lecker aus. Heute Nacht werde ich mit zu ihr gehen. Ja, gut Ding will halt Weile haben. Ich zwinkere ihr zu und nehme einen großen Schluck von meinem Wein. Eigentlich mag ich ja keinen Wein, aber ihr zu Liebe bin ich in eines von diesen schicken Restaurants gegangen. Ist auch mal ganz nett, und was tut man nicht alles, um diese großen, aufgeregten Augen zum Strahlen zu bringen. Sie kichert und plappert den ganzen Abend in einem fort. Ich muss mich nicht groß anstrengen. Das ist gut. Ich kann mich einfach zurücklehnen und sie anschauen. Sie beobachten, wie sie sich bemüht, mir zu gefallen und mich zu beeindrucken, indem sie von ihrem Studium erzählt. Sie will mir zeigen, dass sie intelligent ist und dass ich sie ernst zu nehmen habe. Das ist wirklich süß. Ich genieße das Essen und so langsam zeigt der Wein seine Wirkung, denn nach und nach stellt sich dieses wohlige Gefühl von Gleichgültigkeit, gepaart mit Geilheit, ein. Endlich fühle ich mich wieder richtig. So muss es sein.

Sie fragt, ob ich noch auf einen Kaffee mit hochkommen will - und ich will.

Wir liegen im Bett und ich küsse sie. Ich streichle ihre blonden Haare aus dem Gesicht und gebe ihr sanfte Küsse. Sie fühlt sich gut an. Ich könnte sie ewig lang so weiter streicheln und küssen und nichts anderes machen, als sie einfach nur zu halten. Diesen warmen, weichen Körper in meinen Armen zu halten... bis in alle Ewigkeit. Mehr will ich gar nicht. Da gibt es nichts zu verstehen oder zu erklären. Das ist es einfach. So einfach ist die körperliche Liebe. Sie ist die ehrlichste Lüge, die es gibt.

Doch ich schlafe nicht mit ihr.

Nach etwa vier Stunden will sie, dass ich gehe. Und das tue ich. Ich habe sie seither nicht mehr angerufen.

Am Empfang gehe ich nun nicht mehr vorbei. Ich fahre jetzt immer direkt in den 5. Stock hoch, in mein Büro. Und ich verzichte auf unnötige Kaffeepausen in der Empfangshalle.

Nach ein paar Wochen erhalte ich eine Nachricht von ihr.

Hey, wie geht es dir denn? Ich finde es schade, dass du dich gar nicht mehr meldest und wir so gar keinen Kontakt mehr haben. Das ist irgendwie blöd. Würde mich freuen, mal wieder was von dir zu hören.

Ich habe ihr nicht mal mehr geantwortet.

***

Ich sitze mit Bernd bei einem Bier. Ich habe ihn einige Wochen nicht mehr gesehen und brenne darauf zu erfahren, wie es mit ihm und Lola weitergegangen ist. Vielleicht hat sich das mit den beiden ja schon wieder verlaufen? Aber ich darf ihn nicht fragen. Das wäre zu offensichtlich. Ich muss warten, bis er es mir von sich aus erzählt. Das ist bei Bernd nicht weiter schwer. Er ist ein gutmütiger Kerl. Er erzählt von einer Party, bei der er mit ihr war, und wie das halt mit Lola so ist, muss es ziemlich wild gewesen sein. Max war auch dabei und noch ein paar andere von ihren komischen Freunden. Lola war sehr betrunken und konnte am Schluss nicht mal mehr alleine gehen. Bernd hat sie wohl mehr oder weniger nach Hause getragen. War echt ein saucooler Abend, schließt er seinen Bericht. Das nächste Mal musst du mitkommen! Hm... ja, mal schauen. Also läuft es gut mit dir und Lola? Wird das was Ernstes? Ach, ich weiß nicht. Sie ist echt sehr nett und ich mag sie unglaublich gerne, aber irgendwie kann ich mich dennoch nicht so ganz auf sie einlassen. Ich habe Sandra noch immer nicht vergessen. Und das verwirrt mich alles ziemlich. Ich will Lola auf keinen Fall verletzen, weißt du. Sie ist ein tolles Mädchen und hätte das nicht verdient. Ich mag ihre direkte und unkomplizierte Art und dann ist sie manchmal auch noch so rührend hilflos und tollpatschig... Aber??? Nichts aber... Ach, ich weiß selber nicht was eigentlich mit mir los ist. Vielleicht brauche ich auch einfach nur Zeit...? Ich finde, du solltest vor allem auch mal an dich denken, Bernd. Es ist nicht gut, eine neue Beziehung anzufangen, wenn man noch an der alten hängt. Außerdem solltest du dich noch ein bisschen umschauen. Es gibt eine Menge tolle Frauen und du bist erst seit kurzem wieder Single. Das solltest du auskosten und dich nicht schon gleich wieder festnageln lassen. Du weißt ja, wie Frauen sind. Haben sie dich erst mal am Haken, kommst du so schnell nicht wieder los. Ich finde, wir beide sollten mal einen draufmachen und zur Abwechslung mal nur an uns denken. Ja, vielleicht hast du Recht. Für Frauen bleibt noch genug Zeit. Ich hab eh zu viel Arbeitsstress. Nächste Woche steht schon wieder ein Riesenmeeting an. Darauf sollte ich mich erst mal konzentrieren. Außerdem hat so ein Single-Leben auch was für sich. Eben, und die Kleine läuft dir schon nicht davon. Und selbst wenn, dann gibt es noch genug andere Frauen. Man sollte sich nicht zu schnell auf eine versteifen. Ja, ich glaube, ich verstehe, was du meinst. Vielleicht sollte ich wirklich erst mal eine Zeit lang alleine bleiben und herausfinden, was ich eigentlich will. Und wenn Lola mich wirklich mag, dann wartet sie vielleicht sogar auf mich... Genau, Kumpel! Du musst die Weiber ein bisschen zappeln lassen! Sonst machen die mit dir, was sie wollen. Dreh' den Spieß einfach mal um und bring sie dazu, dir hinterherzulaufen. Warum sollen wir uns immer für die Frauen zum Affen machen? Wann sind wir mal dran? Wer kümmert sich eigentlich um unsere Bedürfnisse? Nur gut, dass man Bernd so leicht manipulieren kann.

***

Ein Monat ist vergangen. Ich habe weder Lola noch Eleonora wiedergesehen. Ich vermeide es weiterhin, am Empfang vorbeizugehen.

Heute Abend veranstaltet die Firma eine große Gala für unsere wichtigsten Kunden. Ich mag diese Art von Veranstaltung. Man fühlt sich dabei sehr wichtig. Ich denke, hin und wieder muss man sich einfach auch mal selbst feiern.

Heute Abend habe ich keine besondere Funktion. Ich entspanne mich unter den Zuschauern, während auf dem Podium Ansprachen gehalten werden, als ich plötzlich Lola dort oben sehe. Damit hatte ich nun nicht gerechnet. Aber klar, sie muss die Urkunden verleihen. Wer, wenn nicht Lola? Sie steht gerne im Mittelpunkt, und sie sieht gut aus. Ich bin mir nicht sicher, ob sie mich sieht. Ihr Blick streift meinen nur selten; und dann nur kühl und flüchtig. Nachdem der formelle Teil des Abends vorbei ist, gehe ich zu ihr. Sie sitzt alleine an der Bar und verzieht keine Miene, als ich auf sie zusteuere. Sie sieht mir nur fest und ernst in die Augen. Ich kann kaum atmen. Ich will ihr etwas sagen, aber ich weiß einfach nicht genau, was. Hinter ihrer kühlen Fassade bemerke ich, dass auch sie nervös scheint und nicht so recht mit mir umzugehen weiß. Wie siehst du denn überhaupt aus? sagt sie unvermittelt und fängt an, an meiner Krawatte zu ziehen und sie zurechtzurücken. Lola, raune ich und bin ganz erstaunt darüber, wie schwer ihr Name aus meinem Mund kommt. Irgendwie fühle ich mich schlecht. Mir ist flau im Magen. Sie sieht mich mit großen, erwartungsvollen Augen an. Was? fragt sie. Ich kann nicht antworten. Mir bleiben die Worte im Hals stecken. Irgendwie ist da so ein dicker Kloß, der den Weg versperrt. Ich schlucke, in der Hoffnung, er verschwindet vielleicht. Ich habe Mist gebaut, wispere ich endlich. Sie verzieht immer noch keine Miene. Schaut mich nur unverwandt an. Ich habe richtig Scheiße gebaut! Was ist denn nur los? fragt sie mich. Ich verstehe euch alle einfach nicht. Was ist mit dir und Eleonora, und wieso meldet sich Bernd nicht mehr bei mir? Erst jetzt sehe ich, dass ihre Augen feucht sind. Scheiße, sie scheint den Kerl echt gern gehabt zu haben. Der Kloß im Hals wird größer... ich... ich kann es dir nicht sagen. Was kannst du mir nicht sagen? Warum das alles so gekommen ist. Aber bitte verurteile mich nicht. Sie sieht mich fragend an. Ich halte ihrem Blick kaum mehr stand. Bitte Lola, verurteile mich nicht. Hör auf damit! Sie blickt mich nur verständnislos an. Dennoch fühle ich mich durchschaut. Ich weiß nicht warum, aber wenn diese Frau mich anschaut, habe ich das Gefühl, als würde sie mir direkt in die Seele blicken, ohne Umschweife, um darin alles zu erkennen, was ich sonst im Verborgenen halte. Und irgendwie scheint sie es verstanden zu haben. Ich hasse euch alle! sagt sie plötzlich. Nein, Lola! Bitte! Ich strecke die Hand aus, um sie zu umarmen. Ich will irgendetwas sagen, dass alles wieder gut macht, aber sie schüttelt nur angewidert den Kopf und wiederholt: Ich hasse euch! Ich hasse euch alle! Mutlos lasse ich meine Hand sinken und gehe fort. Beim Weggehen schaue ich mich noch mal nach ihr um und blicke sie hilfesuchend an. Sie dreht nur mehr den Kopf weg. Ich gehe.

Traurig komme ich zu Hause an. Als ich vor der Haustür stehe, bemerke ich, dass noch Licht brennt. Ich schließe die Türe auf und trete ein. Bist du das, Schatz? ruft es aus dem Schlafzimmer. Na endlich! Diese blöde Party hat ja ewig gedauert. Ich hatte schon solche Sehnsucht nach dir und das Essen ist auch mal wieder kalt geworden. Ja, du weißt ja, wie das ist, Baby. Der Job verlangt mir eben einiges ab. Mir gefällt es ja auch nicht, dich ständig alleine zu lassen, aber was soll ich denn machen? Unser Kleiner soll es ja schließlich mal gut haben und alles bekommen, was er braucht. Nun, da hast du auch wieder recht, Liebling. Ich bin schon wirklich eine Egoistin. Immer nur am Rumnörgeln und dabei tust du doch alles, nur um uns beide glücklich zu machen. Zärtlich streichelt sie ihren Bauch. Ich gehe zu ihr ins Bett und lege meinen Kopf vorsichtig darauf. Ich höre das Herz darin leise schlagen... dum dum... dum dum....

Lydia Wünsch, vorgestellt von Annika Kemmeter

Die Komparatistin Lydia Wünsch lebt zwischen den Kulturen. Als in München geborene Halbitalienerin sucht sie nach Identität – und findet sie in ihren Texten. Dort tummeln sich aber auch noch ganz andere, unvorhersehbare Charaktere, denen Lydia voller Freude auf den Zahn fühlt. Das Creative-Writing-Seminar hat der 30-Jährigen eines klar gemacht: Dass das, was sie tun will und das, was sie tun soll, sich für sie im Schreiben vereint.

Groß geworden

Annika Kemmeter

Ich wusste, dass ich heute das fehlende Puzzleteil erhalten würde, den zweiten Teil des Schlüssels zu einer komplizierten Maschine, die mir sagen würde, wer ich bin. Ich würde ihn neben demjenigen einsetzen, den ich seit meiner Geburt geduldig auf diesen Tag wartend mit mir herumtrage, und in dem Augenblick, da ich ihn einfüge, wird es Klack machen, ein Zahnrad wird in Bewegung gesetzt ein anderes antreiben, irgendwo wird eine Kugel herunterrollen und einen Stab anstoßen, der ein Feuer entfacht, das sich entlang einer Schnur bis zu einem komplexen Schaltsystem frisst, und dort werden, während der Rauch verdampft, dominoartig mehrere Hebel umgelegt, eine vielschichtige Maschine eingeschaltet, die dann, am Ende eines mehrschrittigen Prozesses ein Bild auswirft: ein Bild von mir, von mir als Ganzheit, das mich erfasst, erklärt, mir einen Sinn verleiht, eine Herkunft und ein Ziel.

Ich wusste es, seit mein Vater mich vor drei Tagen angerufen und vorgeschlagen hatte, ihn zu treffen. Ihn kennenzulernen. Er hatte mir nie gefehlt, wie man sich vorstellt, dass einem ein naher Mensch fehlt. Ich habe keine Zwillingsschwester. Daher ist er mir genetisch unter allen Menschen auf der Welt am nächsten. So wie meine Mutter, aber die kenne ich auswendig, wie meinen Namen, wie mein Geburtsdatum, wie meine Schuhgröße. Und hier kommt der Unbekannte. Wann habe ich ihn das letzte Mal gesehen? Mit drei oder vier vielleicht? Ein letzter Ausflug mit Papa. Wohin? Zu seinen Eltern, meinen Großeltern? Ins Kino? Oder in seine Wohnung, zu einer seiner neuen Freundinnen? Greta. Die einzige, an deren Namen ich mich erinnern kann. War es das gleiche Mal, als er mich nicht zurückgebracht hatte, als die Besuchszeit vorbei war? Und meine Mutter die Polizei einschaltete? Oder war es ein harmloses letztes Mal, bemerkenswertlos in Vergessenheit geraten, weil die bemerkenswerte Tatsache, dass es das letzte Mal sein würde, noch nicht zu erkennen war? Jedenfalls nicht an jenem Tag und nicht in der darauffolgenden Woche, vielleicht einen Monat später, aber gewiss nicht von mir, einem Kleinkind, das die Wochentage nur aus dem Lied Laurentia, liebe Laurentia mein kannte und dachte, der Sänger des Liedes besinge eine liebgewonnene Kindergärtnerin. „Wann werden wir wieder beisammen sein?" – In fünfzehn, sechzehn Jahren. Dann werden wir wieder beisammen sein. Niemand hat das gewusst, an jenem Wochenende, das ohne Merkmale in das schwarze Loch der Vergangenheit hinabgesogen worden war.

Nun stand ich in der Eingangshalle des Deutschen Museums. Den aufgefalteten DinA3-großen, schwarzweißen Übersichtsplan aus rauem Papier, der mir mit dem Ticket an der Kasse ausgehändigt worden war, in der Hand. Die Physikabteilung war im ersten Obergeschoss. Der Lift vor mir. Es war leer in der Eingangshalle. Mein Atem hallte durch stehende Luft, von den kalten, weißen Wänden zurückgeworfen, als einziges Geräusch nah und fern. Links ging es zum Bergwerk. Der Roman, den ich für eine Seminararbeit analysieren wollte, spielte in einem Bergwerk. Es war meine erste Seminararbeit und es würde nicht schaden, wenn ich mich umfassend mit dem Material befasste.

Ich bog nach links ab, und folgte den Treppen und engen Gängen in die immer tieferen Abgründe der Menschheitsgeschichte. Der Gang wurde immer wärmer, zog sich wie warmer Mozzarella, er riss nicht, spaltete sich nicht ab, wurde nur länger und noch länger, als würde er sich, während ich ihn entlangstapfte, ausdehnen, weil ihn jemand am Ende um eine Gabel gewickelt immer weiter vom Ausgangspunkt wegzog. Ich lief ihn entlang, es wurde heiß und stickig, dunkel, eng, echt; ein Ende war nicht in Sicht. Da wurde es heller und ich kam in einen großen Raum, in dem Geräte und Techniken des Bergbaus vorgestellt wurden. Endlich, dachte ich, das Ende! Aber ich irrte, und es war nur ein Zwischenhalt. Ich befürchtete, dass er nur die Mitte des Bergwerktunnels markieren könnte und dass ich noch einen ebenso langen und sinnlosen Weg vor mir hatte. Aber ich kann es nicht mit Gewissheit sagen, denn die Welt unter dem Museum war unwirklich, leer, voller Schatten und Hitze und mein Drang, den Bergbautunnel zu verlassen, beeinflusste womöglich meine Einschätzung. Als ich im Aufzug stand und in den ersten Stock hinauffuhr, ärgerte ich mich über mich und meine Angst vor der Physikabteilung. So blöd war ich auch nicht, dass ich mich nicht hineintrauen konnte. Irgendetwas von den Sachen würde ich schon verstehen. Und dann könnte ich es erwähnen. Beiläufig in dem Gespräch mit meinem Vater fallen lassen. Und er würde sehen: Ja, ich bin seine Tochter. Und sich für mich erwärmen. Vielleicht ein wenig stolz sein, oder zumindest interessiert: Hier ist eine junge Frau, die Literatur studiert, klassische Gitarre spielt, auf Autorenlesungen geht, und trotzdem Ahnung von Physik hat.

Ich hatte mir etwas anderes vorgestellt. Einen Crash-Kurs in Physik, gespickt mit interessanten, lebensrelevanten oder lustigen Fakten. Nichts war lustig. Zwei Rentner waren da. Die Infotafeln waren spärlich und uninformativ. Ich fand mich in dem kleinen Musikbereich der Physikabteilung wieder, typisch ich! Zwei gleiche Stimmgabeln auf zwei unterschiedlichen Holzblöcken. Man konnte beide anstoßen. Der Klang der ersten wurde vom Holz geschluckt. Der Klang der zweiten wurde verstärkt und beschallte die Stille. „Interessant", redete ich mir das Fazit ein. Gab es denn keine Führungen? Ich warf einen Blick auf die Infobroschüre. Nein. Erst um halb zwei, zusammen mit anderen Führungen, z.b. zur Geodäsie. Was war das bitte?

Man hörte die Schulklasse viele, viele Glasschaukästen bevor man das erste Kind durch den Raum sausen sah. Sie hatten Fragebögen dabei und machten eine Wissens-Rallye. Ich war froh, dass diese Zeiten für mich vorbei waren. Warum boten sie den Kindern stattdessen nicht eine kindgerechte Physikführung, der ich mich unauffällig hätte anschließen können? Ich stellte mich uninspiriert auf eine große Waage, deren Funktion sich mir nicht erschloss, die aber neben den Stimmgabeln das einzige Anschauungsmaterial zum Ausprobieren war. Die Waage war kaputt. Warum leitet ein Holz die Schwingungen der Stimmgabe weiter, ein anderes nicht? Das stand dort nicht. Vielleicht konnte ich die Erklärung bei Wikipedia finden.

Ich dachte, als ich auf dem Weg zum Ausgang an den Flugzeugen und Schiffen vorbeischlenderte, dass mein Ausflug vielleicht immerhin Gesprächsstoff liefern würde. Warst du schon mal im Deutschen Museum, Papa? Würde ich ihn Papa nennen? Einen Fremden? Wie sollte ich ihn nennen? Herr Koib? Stefan? Würde er das als unsensibel empfinden? Oder wäre er erschrocken, wenn ich ihn Papa nannte. Würde er darauf drängen? Egal. Warst du schon mal im Deutschen Museum? Ich bin öfter dort. Am liebsten mag ich den Bergbau, aber klar, die Physikabteilung kenne ich natürlich auch in- und auswendig. Nein. Kenne ich natürlich auch ganz gut. Wird es Not an Gesprächsstoff geben? Zwischen einem Vater und einer Tochter, die sich fünfzehn Jahre lang nicht gesehen haben? Würde nicht vielmehr ein Treffen in einem Café viel zu wenig Zeit bieten für ein Wiedersehen? Müssten wir nicht viel eher ein Jahr gemeinsam Urlaub machen, um die Zeit wenigstens ein bisschen aufzuholen?

Und warum hat er sich ausgerechnet jetzt gemeldet? Hat sich bei ihm etwas verändert? Vielleicht ist er krank.

Meine Oma. Sie hat es öfter gesagt, ihre Hände klebrig vom Teig: „Wart's ab. Er meldet sich, wenn's ihm schlecht geht. Dann sagt er: 'Ich bin doch dein Vater!' Aber ist so ein Vater? Meldet sich nie, nicht mal zu deinem Geburtstag? Und dann der Unterhalt!" Ich habe sie immer nur stumm angesehen. Was sollte ich dazu sagen. Ich kannte den Mann ja nicht. Was wusste ich schon, was in ihm vorgeht. Und außerdem: Was wusste ich schon, wie ein Vater war? Ich hatte ja nur den einen. Und so konnte offensichtlich ein Vater sein, denn er war ja meiner. Mein Opa hatte verbissen dazu genickt. „Eine Sauerei ist das!", sagte er manchmal, meistens sagte er nichts dazu. Manchmal frage ich mich, ob er sich irgendwie die Schuld daran gibt. Hätte er den Anwärter auf das Herz seiner Tochter besser prüfen müssen? Und der Tür verweisen? Aber dann hätte es mich nicht gegeben, und alle beteuerten, dass ich das Beste sei, was der Familie passiert war. Ich war lange Zeit der einzige Enkel meiner Großeltern gewesen. Meine vier Cousins und Cousinen kamen erst in den letzten sechs Jahren dazu. So lange war ich für die ganze Familie das Beste gewesen, was die Welt sich vorstellen konnte. – Na ja. Für die halbe Familie. Was Papas Teil von mir hielt, war schwer zu sagen. Sie hatten mich als pausbäckiges Kleinkind das letzte Mal gesehen.

Vielleicht war er nicht krank. Vielleicht war er durch die Welt gereist und jetzt erst wieder nach Deutschland zurückgekommen. Und das erste, was er tun wollte, war den Elan ausnutzen, der noch von der Weltreise ausrollte, und sofort seine verschollene Tochter anrufen. Die Nummer hatte er von der Redaktion. Dort habe ich drei Artikel veröffentlicht. Auf der Kinderseite. Wenn man meinen Namen googelt, findet man mich dort. Er hat mich gefunden und in der Redaktion seine Telefonnummer hinterlassen, mit Bitte um Rückruf. Ich war aufgeregt gewesen. Erst am nächsten Tag hatte ich zurückgerufen. Das ist eine zweischneidige Sache mit meinem Vater. Da ist dieser gutaussehende Mann auf den Fotos. Mutter Vater Kind. Charmant lächelt er in die Kamera. Meine Mutter ist von ihm hin und weg. Man sieht es auf dem Bild. Sie hat ihn geliebt. Sie hat ihn geheiratet. Sie hat eine Familie mit ihm gegründet. Und dann plötzlich: Aus. Mama ist sehr korrekt, was meinen Vater angeht. Sie macht ihn nicht schlecht und schimpft nicht über ihn. Sie erduldet alles, was von seiner Seite kommt, jedenfalls vor mir. Aber viel kommt nicht. Es kamen Dinge.

Er hatte ihre Unterschrift gefälscht und für sie eine Steuererklärung abgeben, die ihm von Nutzen war. Er hatte mich abgeholt und nicht zurückgebracht. Er zahlte keinen Unterhalt. Er hatte sein Taxi-Unternehmen auf seine Schwester übertragen, um nicht zur Kasse gebeten zu werden. Das waren Fakten, die nur durch stetiges Nachbohren an mein Ohr drangen. Fragte man sie: „Ist er fremdgegangen?", sagte sie: „Nein." Fragte man: „Warum habt ihr euch getrennt?", sagte sie: „Es kamen viele Briefe für ihn an. Einen habe ich irgendwann aufgemacht. Er war von einer Frau, die von Heirat sprach. Ich habe ihr zurückgeschrieben: Stefan ist verheiratet und hat ein Kind. Er wird Sie nicht heiraten." „Was für eine Frau?" „Er muss sie im Urlaub kennengelernt haben. Ich habe auf dich aufgepasst und meine Diplomarbeit geschrieben, da war er mit seinen Eltern im Urlaub. Von dort kannten sie sich." Und er ist nicht fremdgegangen?, frage ich mich. Ich frage es auch meine Mutter. „Nein." Sie sagte es mit einem Blick, der Unverständnis und Entschlossenheit zeigte und keine weiteren Fragen duldete. „Und dann?" „Dann haben wir irgendwann beschlossen, uns zu trennen." „Wie, beschlossen? Habt ihr gestritten?" „Wir haben es beschlossen." „Du hast gesagt: Sollen wir uns trennen? Und er hat gesagt: Ok.?" „Ja." Mehr gab's nicht. Mehr bekam man nicht heraus. Und diese Gespräche, die waren nicht das Resultat eines Abends. Das war jahrelanges Immer-mal-wieder-Nachfragen. Doch, es gab noch mehr. „Hast du das nicht früher gemerkt, dass er ein Schwein ist?" Er hat die Videokassetten von meiner Kindheit. Er wollte sie sich gerne ansehen, ausleihen. Aber dann sagte er zu meiner Mutter: „Du bekommst sie nur wieder, wenn du mir dieses Dokument unterschreibst." „Behalt sie!" „Er war kein Schwein. Er war ganz anders. Er war immer korrekt, immer zu Späßen aufgelegt, wir hatten viele Freunde, er hat damals z.B. auch nie Schimpfwörter benutzt. Und dann war er plötzlich ein anderer Mensch." „Das kann doch nicht sein." „Doch. Du kennst doch Svenja, die Tochter von Tante Antje." „Ja." „Die hat mir kein Wort geglaubt. Sie ist meine Cousine. Sie hat mir nicht geglaubt. So ist Stefan nicht, wir kennen ihn auch. Sie meinte wohl, ich denke mir alles aus."

Ich saß auf meinem Fahrrad und fuhr durch den beißenden Winterwind ins Univiertel. Schnee lag noch nicht, aber vielleicht würde es morgen schneien? Ich hatte jedenfalls genug von dem eisigen Regen der letzten Tage. So wenig war es nicht, was ich über meinen Vater wusste. Und viel Gutes war nicht dabei. Aber es war doch einseitig, nicht wahr? Deshalb war ich so gespannt auf ihn. Endlich konnte ich mir ein eigenes Bild machen. Ich hatte es meiner Mutter nicht gesagt, aber ich habe Svenja angerufen. Sie ist eine der missgünstigen Töchter der missgünstigen Schwester meiner Oma. Tante Antje, die Schwester meiner Oma, ist so drauf: Einmal hat sie angerufen und gefragt, wo mein Opa sei. Ich wusste es nicht. „Wahrscheinlich im Schrebergarten, aber ich weiß es nicht." „Aha", sagte sie ins Telefon. Dann hörte ich sie ihrem Mann zuraunen: „Sie will es mir nicht sagen." So eine ist das. Eine, die immer das Schlechteste in den Menschen voraussetzt. Von meinen Verwandten ist sie die Schrecklichste. Aber ich kenne ja nur die Hälfte meiner Verwandten. Wer weiß, was auf mich zukommt? Svenja ist die Tochter von Tante Antje. Und ich habe sie angerufen. Bis heute verstehen sich ihre und meine Familien nicht, ich weiß nicht, ob das an der Trennung meiner Eltern liegt und daran, dass Svenjas Familie die falsche Partei ergriffen hat. Und ich habe sie gefragt, was sie eigentlich von meinem Vater hält. „Oh", sie war nicht nur von der Frage überrumpelt, sondern auch von der Tatsache, mich am Telefon zu haben. „Er... Ich weiß nichts Aktuelles über ihn. Wir haben keinen Kontakt, wenn du das meinst."

„Nein, nein. Das meine ich gar nicht. Einfach so. Von ihm als Typ. Als du ihn gut kanntest."

„Er war sehr charmant. Und er sah sehr gut aus. Er hatte so eine Art, er war immer der Mittelpunkt der Gesellschaft. Er war nett. Er war lustig. Er hat in allen das Beste zum Vorschein gebracht."

„Auch in meiner Mutter?" Ich war neugierig.

„Ja, also deine Mutter und ich, wir waren zwar in einer Clique, aber wir haben uns nicht so nahe gestanden."

„Aber du und mein Vater schon?"

„Dein Vater und mein Mann. Ex-Mann. Die waren sehr gut befreundet, deswegen kannte ich deinen Vater so gut. Ich weiß nicht, was an den Geschichten dran ist. Mich haben sie sehr verwundert. Aber letztendlich haben wir auch keinen Kontakt mehr und das hätte ich nie geglaubt. Die Menschen ändern sich halt."

Ich schwieg. Ich hatte keine neuen Informationen bekommen. Und ich glaubte nicht mehr, dass ich sie von Svenja bekommen würde.

„Ich muss jetzt los und die Kinder abholen." Ihre Kinder sind André, Nadine und Valerie. Nadine und ich hatten am selben Tag Kommunion, aber in verschiedenen Gemeinden. Unsere gemeinsame Uroma musste sich entscheiden, zu wem sie geht und sie hat Nadine vorgezogen. Sie hatte zu mir gesagt, für einen müsse sie sich ja entscheiden und Nadine hätte sie angefleht zu kommen: „Du bist doch meine Uroma". Ich hätte doch Verständnis. Ich hatte nicht so viel Verständnis. Sie war schließlich auch meine Uroma, ich war neun, sie hätte auch Party-Hopping machen können. Aber ich habe genickt und sie gehen lassen. Meine Uroma hatte drei Brüder und vier Schwestern. Insgesamt waren es acht Geschwister mit außerordentlich guten Genen – meine Uroma wird übermorgen 102. Von ihnen habe ich fünf kennengelernt. Alle haben Kinder, Enkel und Urenkel. Ich kenne von ihnen die meisten. Meinen Urgroßonkel Michael habe ich nur einmal gesehen. Er ist vor Urzeiten nach Amerika ausgewandert, kam aber mal auf Verwandtschaftsbesuch und wiederholte an dem einen Nachmittag bestimmt ein Dutzend Mal, ich sei eine sehr nette und hübsche Engelin. Ich weiß nicht, ob er nur einen Akzent hatte, oder ein Wortspiel machte. Aber ich fand ihn nett.

In meiner Familie ist das so: Alle haben einen Überblick über die Zweige des Familienbaums und, so scheint es, nicht nur das - auch über jedes einzelne Blatt. Wir haben neulich ein Mädchen getroffen, das in meiner Heimatstadt zu studieren begonnen hatte. Meine Mutter, sie und ich sind Essen gegangen und ich habe gefragt: „Und wir sind also verwandt?" Meine Mutter sah mich ungläubig an. „Ja, natürlich! Die Nichte vom Opa, die Inge, die kennst du doch, ist Kathrins Oma." Kathrin war die Studentin. „Also", fasste ich zusammen, „Opas Vater, also mein Uropa, ist der Ururopa von Kathrin?" Meine Mutter hatte die Augen verdreht: „Man kann's auch kompliziert machen…" Kathrin schien nur verwirrt. Und Kathrin ist nicht die einzige. Ich habe auch die Bekanntschaft mit Lisa gemacht, der Enkelin der Schwester meiner Uroma. Das klingt kompliziert, ist es aber nicht, wenn man die Schwester seiner Uroma kennt. Und deren Kinder. Dann ist es keine Hirnverrenkung, solche Sätze zu denken, selbst, wenn man sich gerade als Radfahrer auf einer Straße in der Innenstadt in München links einordnet. Das tat ich gerade. Ich war pünktlich. Durch den kleinen Ausflug in das Bergwerk hatte ich genug Zeit vertrödelt, um nicht zu früh zu kommen.

Es ist ein merkwürdiges Gefühl, vor einem Café sein Fahrrad abzusperren, und zu wissen, dass in dem Café dein eigener Vater sitzt. Ich weiß, dass die Bilanz aus dem, was ich über ihn in Erfahrung gebracht habe, nicht gut aussieht. Aber ich weiß auch, dass ich ein ziemlich gelungener Mensch bin. Ich finde mich gut. Ich habe keine besonderen Makel, ich bin nett, ich kann gut zuhören, ich bin in vielerlei Hinsicht begabt, wenn auch in keiner hochbegabt. Ich habe einen Freund. Davor eine Handvoll

Verehrer gehabt. Ich habe viele nette Freunde. Ich habe gute Noten. Ich bin hilfsbereit, großzügig, nett. Nennen Sie nun ausnahmsweise drei ihrer Makel: Ich bin nachtragend. Ich urteile schnell. Und ich bin so ehrgeizig, dass ich öfters Projekte aus meiner Arbeit mit nach Hause nehme und sie in meiner Freizeit fertigstelle. Und wie passt das mit dem Charakter meines Vaters zusammen? Habe ich etwas davon von ihm? Und wenn es nur die Makel sind? Sehe ich ihm ähnlich? Haben wir ähnliche Marotten? Ich habe ein Hutfaible. Trägt er einen Hut? Solche Sachen. Ist er Linkshänder, so wie ich? Ist er kurzsichtig, so wie ich? Mit seinem Physikstudium – abgebrochen um die Familie zu ernähren, da kamen die Taxis ins Spiel – und seinem Spaß an Schach liegen wir eher auseinander. Wo treffen wir uns? Legt er seinen Kopf auch oft schief, wenn er nachdenkt? Hat er Sommersprossen, so wie ich? Hat er kariesanfällige Zähne, so wie ich? Ist er auch sarkastisch? Das Fahrrad ist abgeschlossen, die Tasche um die Schulter gehängt, die Mütze zurecht gerückt, die Hand an der Türklinke. Ich gehe hinein. Und ein Mann springt auf.

Wenn ich im Nachhinein über den ersten Eindruck nachdenke, der so wichtig ist, muss ich zugeben, dass es ein schlechter Eindruck war. Es war der Vorschlag meines Vaters gewesen, sich im CADU zu treffen. Dort ist es laut und hipp und jung. Obwohl er über fünfzig sein muss, tat er offenbar alles, um hipp und jung zu wirken. Doch hatte er sich nicht die heutigen Studenten zum Vorbild genommen, sondern die aus seiner Studienzeit. Er trug eine schwarze Lederjacke, die unten am Bund enger wurde. Er trug eine Baseball-Kappe. Er hatte einen Drei-Tage-Bart. Vielleicht war es auch keine Aufmachung, die er extra für heute an den Tag gelegt hatte. Vielleicht lief er immer so rum. Vielleicht lief er seit seinem Studium so rum. Neu sahen die Sachen jedenfalls nicht aus. Er lächelte. Oder er versuchte, sein ehemals so charmantes Lächeln aufzulegen. Und streckte die Arme nach mir aus. Er machte auf mich aber einen anwidernden Eindruck und ich wollte ihm nicht in die Arme fallen, jedenfalls noch nicht. Plötzlich war ich mir mit allem nicht mehr so sicher. Wollte ich diesen Mann wirklich kennenlernen und mit ihm Gemeinsamkeiten entdecken? Diesen Mann, der unaufhörlich versucht hatte, meiner Mutter das Leben schwer zu machen? Aber wie so häufig gab es kein Zurück und ich ging auf ihn zu und hielt ihm meine Hand hin. Ich konnte mich doch nicht von ihm umarmen lassen und ihm damit zu verstehen geben, alles sei verziehen. Er reichte mir seine Hand, dabei zuckte sein Auge kaum merklich. Die ersten Sekunden waren unbehaglich. Im Stimmengewirr der anderen Gäste, die lachten und redeten und mit ihren Löffeln in ihren Latte Macchiatos rührten, tauschten wir ein Hallo aus. Stühle rückten über den Steinboden, man machte einem Mann mit einem Rollkoffer Platz, der sich zwischen den Gästen und den Wärmepilzen hindurch zu dem letzten leeren Tisch auf der beheizten Terrasse zwängte. Dann sagte mein Vater: „Du bist groß geworden." Die Wut, die plötzlich aufbrodelte, hatte ich nicht erwartet. Was dachte er denn? Dass ich noch immer einen Meter maß? Natürlich war ich in den letzten fünfzehn Jahren gewachsen, ich hatte überhaupt erst vor kurzem damit aufgehört. Ich wollte nicht so schnell urteilen. Ich hatte mir vorgenommen, dem fremden Mann gegenüber Zeit einzuräumen, in der er sich erklären konnte und die Möglichkeit hatte, es irgendwie wiedergutzumachen. Dabei wusste ich nicht mal, was er genau wiedergutmachen sollte und wie er das hätte anstellen können. Ich erwiderte schließlich, dass ich tatsächlich in den letzten Jahren gewachsen war. Meine Stimme klang sarkastisch, ein wenig scharf. Ich sah, wie mein Vater unsicher wurde. Er holte etwas aus seinem Rucksack hervor. „Ich habe dir eine Flasche Wein mitgebracht." Je länger das Gespräch andauerte, desto enttäuschter wurde ich. Ich erfuhr, dass er wieder bei seinen Eltern wohnte. Er hatte ein paar Jahre in Brasilien gelebt. Kurz hüpfte mein Herz: Er war ein Weltenbummler! Aber dann erklärte er, dass er steuerflüchtig gewesen war und schließlich doch drei Jahre im deutschen Gefängnis gesessen hatte. Ein großer Stempel klirrte durch die Glasdecke der überdachten Café-Terrasse und drückte meinem Vater nacheinander die Worte „Versager", „Krimineller" und schließlich „Arschloch" auf, als er behauptete, meine Mutter hätte seine Geburtstagsanrufe nicht zu mir durchgestellt. Das war eine widerliche Lüge. Meine Mutter hätte sich gefreut, wenn er sich bei mir gemeldet hätte.

Ich verbrachte meine Geburtstage natürlich nicht damit, auf seinen Anruf zu warten. Ich verbrachte sie mit dem Auspacken von Geschenken, Ausblasen von Kerzen und Aufessen von Geburtstagskuchen. Mit Freunden, mit Verwandten, von denen ich ja genügend hatte. Aber ich erinnerte mich doch daran, dass meine Oma vor dem einen oder anderen Geburtstag fragte, ob mein Vater wohl anrufen würde, und nach dem einen oder anderen Geburtstag konstatierte, dass er sich nicht mal an meinem Geburtstag gemeldet hatte. Unterschwellig warteten wir wohl alle auf seinen Anruf. Aber es hatte mich damals nicht belastet, dass er sich nicht gemeldet hatte. Und doch...

Ich merkte plötzlich, dass ich Schwierigkeiten beim Schlucken hatte, und dass mir Tränen in die Augen schossen. Es gelang mir, meine Cola zu trinken und mich umzuschauen, bis sie sich wieder verkrochen hatten. Da saß er. Warum hatte er nicht angerufen? Ich war sein einziges Kind. Er mein einziger Vater. Warum liebte er mich denn nicht?

„Ich muss aufs Klo", sagte ich und als ich aufstand, bemerkte ich, dass mein Kinn zu zittern begonnen hatte. Als ich durch das Café mit seinen wackeligen braunen Tischen und Stühlen zu den abgeranzten Toiletten lief, rollten mir schon Tränen über die Wangen und ich ließ mich schließlich in meiner Jeans auf einer der Toiletten nieder, was ich sonst nie getan hätte, und konnte es selbst mit meinem eisernsten Willen nicht verhindern, dass ich zu schluchzen begann. Und dass der Schmerz meine Schultern zu meinem Bauchnabel zog. Es wäre mir nie in den Sinn gekommen, dass ich während unseres Treffens weinend auf der Toilette landen würde. Und warum weinte ich überhaupt? Wer war dieser fremde Mann schon? Was konnten seine Worte mir schon bedeuten, ein Kerl, der sein eigenes Leben in den letzten zwanzig Jahren so vermurkst hatte, dass er heute ganz unten war. Was hatte er schon mit mir zu tun? Fünfzehn Jahre lang hatte es mich nicht gekümmert, was er tat, was er sagte, wen er anlog. Mir schoss eine Szene durch den Kopf. Ich, klein, im Kindersitz in einem seiner Taxis, er vorne am Steuer. „Die Mama ist die schönste Frau der Welt!", sagte ich. Nicht, um ihn an seinen Fehler zu erinnern, oder ihn zur Rückkehr zu ermutigen. Ich hatte es gesagt, weil es mir spontan in den Sinn gekommen war, ihr liebes lächelndes Gesicht. „Findest du? Sie sieht doch aus wie eine Hexe, mit ihrer großen Warze an der Nase." Es stimmt. Meine Mutter hat ein hervorstehendes Muttermal an ihrem linken Nasenflügel. Als Hexenwarze hatte ich es noch nie gesehen. Und geschwiegen. Jetzt, auf dem stinkenden Klo, mit einer beschmierten Tür vor der Nase, die etwas aus ihren Angeln hing, wollte ich schreien: Nein! Sie sieht überhaupt nicht aus wie eine Hexe, du Arschloch! Ich atmete tief durch. Ich war schon zu lange auf dem Klo. Ich öffnete die Stalltür und wusch mein Gesicht mit Wasser. Als ich in den Spiegel sah, fragte ich mich, ob er mir ansehen würde, dass ich geweint hatte und ob er mich wohl schön fand.

Beim Verlassen der Toilette sah ich auf der rechten Seite eine Tür, die aus dem fast leeren Café-Saal nach draußen führte, ohne, dass man über die Café-Terrasse musste. Ich blieb zögernd davor stehen. Ehrlich: Was wollte ich eigentlich noch an seinem Tisch, auf dem unsere beiden Colas standen. „Die geht auf meine Rechnung", hatte er großzügig mit einem Nicken zu meiner Cola gesagt. Natürlich, hatte ich gedacht. Und weißt du, wie viele Colas du noch auf deine Rechnung setzen musst, bis du deinen Anteil an meiner Erziehung bezahlt hast? Nicht nur der Unterhalt. Auch der Gitarrenunterricht, Zeltlager, Urlaube am Meer, Ballettstunden, Schlittschuhe… Von der Menge an Colas würde ganz Afrika sitt. Aber meine Tasche stand noch an unserem Tisch. Ich dachte an den Plan des Deutschen Museums, der darin steckte. Und an den Plan von unserem Treffen, den ich mir ausgemalt hatte. Wiedersehensfreude, Erkennen von Ähnlichkeiten, Gespräche über unsere Vergangenheit und Zukunft und schließlich ein Gefühl von Vaterliebe.

Ich ließ die Türklinke los und setzte mich im Dämmerlicht des Cafés auf den nächstbesten Stuhl, meine Gedanken von vor einer Stunde schwirrten um mich und ich sah ein naives, kleines Mädchen, frei von jedem Realitätssinn. Aber ich musste zurück, um meine Tasche zu holen. Und da er schon mal hier war, konnte ich ja zumindest versuchen, mich für den Augenblick von der Sehnsucht nach einem echten Vater frei zu machen und wenn schon nicht das fehlende Puzzlestück zu meinem Selbst, dann doch das eine oder andere zur Erhellung der ungeklärten Vergangenheit zu finden. Als ich zurückkam, saß er selbstzufrieden in seinen Stuhl gelehnt, die Arme ragten rechts und links großspurig über die Lehnen hinaus. Auf dem Tisch standen neben den Colas zwei Weingläser, gefüllt mit einer gelblich-durchsichtigen Flüssigkeit, Eiswürfeln und Minze. Als er mich sah, nickte er zufrieden. „Ich habe uns zwei Neuheiten bestellt. Die Bedienung hat's empfohlen. Kennst du das? Das sind Brunos." „Hugos", verbesserte ich ihn, setzte mich und fragte mich, ob das als Witz gemeint war. Er prostete mir zu. „Wie war das eigentlich, als ihr euch getrennt habt?" Mein Vater verschluckte sich an seinem Hugo. Er hustete. Übertrieben. „Wir haben uns nicht mehr liebgehabt", sagte er schließlich unpassend lächelnd. „Hast du meine Mutter betrogen?" Sein Gesichtsausdruck änderte sich schlagartig. Er war sauer und sah plötzlich ungehalten aus. Ich fragte mich, ob er eigentlich berechenbar war. Und dann erinnerte ich mich – und ich weiß bis heute nicht, wie ich es je hatte vergessen können – dass meine Mutter und ich mal unter Polizeischutz gestanden hatten. Alles war ziemlich unklar. Das einzige, was die Polizei uns sagte, war, dass sie einen Hinweis bekommen hätten, und dass sie die nächsten Tage uns und unser Haus beobachten würden.

Die Situation überrumpelte uns, wir hatten keine Ahnung, was das heißen sollte, und da wir nicht mehr Informationen bekamen, fiel uns als einziger potentieller Gefahrenherd mein Vater ein. Ich muss etwa zwölf gewesen sein. Meine Mutter und ich hatten überlegt, uns einen Hund zu holen, als uns klar wurde, wie unendlich schutzlos wir waren. Darüber hatte ich mich gefreut, ich weiß es noch. Ich hatte für einen Golden-Retriever-Labrador-Mischling plädiert. Aber kurz darauf zog die Polizei wieder ab, der Schreck wich, und der Hund blieb ein Wunsch, den ich mir später selbst erfüllen muss. Während ich mich daran erinnerte, sagte mein Vater: „Das ist typisch deine Mutter, dir so was zu erzählen. Ich habe das immer geahnt. Auch schon früher, da habe ich dich abgeholt und du warst bei mir und wir haben zusammen so viel Spaß gehabt. Aber kaum fuhren wir in eure Einfahrt, und deine Mutter kam ans Auto, da hast du so ein Gesicht gezogen." Er gab mir eine Kostprobe seiner pantomimischen Fähigkeiten. „Als wäre es dir bei mir schlecht gegangen." Ist ja klar, dass du das meiner Mutter zugeschoben hast, dachte ich. Sie hat für dich anscheinend alles Böse verkörpert. Ich musste kurz an Tante Antje denken, die wahrscheinlich deshalb immer von Heimlichtuerei, Unehrlichkeit und Missgunst ausging, weil sie von sich auf andere schloss. Mir fiel außerdem auf, dass mein Vater mir die Frage nicht beantwortet hatte. Ich ließ es auf sich beruhen, denn die ehrliche Antwort müsste wohl ein Ja gewesen sein und fragte stattdessen: „Hast du das Gefühl, du hast dich nach der Trennung von meiner Mutter irgendwie verändert?" Die Frage schien ihn zu erstaunen. Er setzte seinen Hugo ab und richtete sich auf. Dann beugte er sich zu mir und sah mir belustigt in die Augen. „Du stellst komische Fragen", sagte er. Darauf lehnte er sich wieder zurück und nahm seinen Hugo wieder auf. Nachdem er davon getrunken hatte, sagte er: „Weißt du, ich habe mich gefragt, ob du vielleicht Lust hättest, dieses Jahr mit mir Weihnachten zu feiern. Und mit Oma und Opa." Er versuchte, entspannt zu wirken. Als wäre meine Antwort selbstverständlich positiv oder aber nicht mal wichtig. Aber ich sah, dass beide Augen zuckten und die Augen selbst, die blauen Augen, die sonst niemand in der Familie hatte, waren etwas glasig. Das hielt mich davon ab, laut zu lachen. Nein, im Gegenteil, eine tiefe Traurigkeit legte sich über mich und ich spürte ein so umfassendes Mitleid, wie es noch kein Unicef-Plakat in mir je hatte auslösen können. „Du kannst ja drüber nachdenken", sagte mein Vater, als ich nicht antwortete. „Das werde ich", sagte ich.

Nach dem Treffen mit meinem Vater – es hatte insgesamt nicht länger als eine dreiviertel Stunde gedauert und war trotzdem kein bisschen zu kurz gewesen – fuhr ich zu meinem Freund. Er wohnte in einer kleinen Einzimmerbude in der Schellingstraße. Ich fühlte mich gefasst. Ich fühlte mich zugleich ausgehöhlt und gestärkt. Ich überlegte, wie sich diese Gefühle vereinen ließen und beschloss, dass das Treffen ein schwieriger Prozess war, der mich erwachsen werden ließ. Ich klingelte an Nikos Wohnungstür und fühlte eine Welle aus Erleichterung, als ich ihn sah und in seine Arme fiel. „Na, wie war's?" „Schrecklich!" sagte ich und mein Freund war bestürzt, weil ich dabei weinte, was ich noch nie zuvor in seiner Anwesenheit getan hatte. „Warum?" „Mein Vater ist ein Versager, ein Krimineller und ein Arschloch", fasste ich zusammen. Ich ging an ihm vorbei in sein karges Zimmer mit Kochnische, in der schmutziges Geschirr gestapelt war. Die Wände waren leer bis auf ein Bild, das ich gemalt hatte, und das einzige, was sonst noch für Wohnlichkeit sorgte, war die Zimmerpflanze, die ich auf seine Fensterbank gestellt hatte. Aber Nikos Präsenz selbst füllte das Zimmer aus und machte es zu dem perfekten Rückzugsort, voller Behaglichkeit. Ich legte mich auf sein Bett, er legte sich dazu und nahm mich in den Arm. „Und", fügte ich hinzu, „ich habe Mitleid mit ihm." „Du? Hast Mitleid mit ihm?" „Es ist schrecklich kompliziert." „Dann vergiss ihn einfach." Ich schüttelte den Kopf. „Das geht nicht. Er ist mein Vater." Niko sah mich verständnislos an. „Du kennst ihn doch kaum. Es könnte irgendein Fremder sein." Zärtlich streichelte er mir eine Haarsträhne aus dem Gesicht. Ich liebe seine Hände. „Er ist mein Vater. Und mir ist was klar geworden. Mir ist klar geworden, dass ich mit dem Gefühl aufgewachsen bin, dass mein eigener Vater mich nicht mag. Und irgendwie glaube ich, werde ich immer hoffen, dass er irgendwann doch beginnt, mich zu lieben." Meine Stimme war erstickt. Niko seufzte und wir schwiegen lange. „Vielleicht tut er es? Auf seine Art." Ich dachte darüber nach und kam zu dem Schluss, dass er nur sich selbst liebte. Die absurde Frage, ob ich mit ihm Weihnachten feiern würde. Der Mann hatte weder Einfühlungsvermögen noch Menschenkenntnis, glaubte aber, er wäre der schlauste Manipulator seit Machiavelli. Er hatte mir nie etwas gegeben und jetzt, wo es ihm schlecht ging, kam er und wollte Liebe und ein Familienleben von mir. Ich dachte an jedes Wort, das zwischen uns gefallen war, an jede Mimik von ihm, und mir viel auf, dass ich weder darauf geachtet hatte, ob er Sommersprossen hatte, noch ob er Linkshänder war. Ich hatte ihm nicht vom deutschen Museum erzählt, noch gefragt, ob er Hüte mochte. Ich sah Niko an. Er war ganz anders. Ich hatte keine Angst, dass mir dasselbe passieren könnte wie meiner Mutter, denn Niko war ehrlich und moralisch und zuverlässig und gut. Ich küsste ihn und er küsste mich und wir verschlangen uns ineinander und liebten uns inniger denn je.

Zwei Tage später fuhren wir zum großen Geburtstagsfest meiner Uroma. Es fand in einem Gemeindehaus statt. Der Ehrengast war der junge Pfarrer, den meine Uroma trotz ihres Alters offen anhimmelte. Der Mann einer alten Frau, deren Verwandtschaftsgrad zu mir selbst mir nicht ganz klar ist, zumal da eine zweite Ehe im Spiel ist, spielte Akkordeon, es wurde gesungen und getanzt. Eine Nichte meiner Uroma, die Musiklehrerin ist, hatte mit ihrer Familie ein Ständchen eingeübt, dessen Text passend auf meine Uroma umgedichtet worden war. Zur Sonne emporsteigende Luftballons, eine Torte mit prasselnden Wunderkerzen. Meine Uroma bestand darauf, dass ich gemeinsam mit ihr ein modernes Kirchenlied sang, dass ich ihr mal selbst beigebracht hatte. Dabei sang sie ungefähr zwei Oktaven über mir und da sie sich eine etwas andere Melodie angeeignet hatte, waren wir sowieso nicht ganz zusammen. Niko grinste über beide Ohren und meine Oma, die Lieder so sehr liebte, aber leider nicht allzu musikalisch war, wiegte sich selig im Takt. Kinder rannten herum und schossen Luftballons durch den Flur, ich holte meine Gitarre hervor und spielte ein etwas ruhigeres, aber sehr schönes Lied, für das ich wohlwollenden Applaus und von meiner Mutter einen Kuss auf die Wange bekam, der mir etwas peinlich war. Onkel Micha, der es noch nie lassen konnte, einem schmerzhaft in die Wange zu kneifen, tat es und fragte: „Woher hast du nur die Begabung, Mädchen?" Ja woher? Der Cousin meiner Mutter hielt eine Rede, bei der er leicht stotterte. Michelle, meine begabte fünfzehnjährige Cousine zweiten Grades präsentierte einen selbstgemalten Stammbaum, dessen Wurzel von meiner Uroma ausging und alle ihre Nachkommen umfasste, die als Fotos an die Zweige geheftet waren. „Das hat sie doch nicht selbst gemalt!", hörte ich die gehässige Stimme von Tante Antje. An dem Baum fehlten die zahlreichen Geschwister meiner Uroma, Neffen und Nichten aller Grade, die gezeigt hätten, wie groß die Familie wirklich ist. Meine Familie, dachte ich zufrieden, und mit vom Sekt geröteten Wangen betrachtete ich die Bilder meiner Großeltern, meiner Mutter und von mir. Mein Vater fehlte.

„Hey!", mein Großcousin Robert stieß mich in die Seite. Er war um die dreißig und ich hatte ihn schon seit bestimmt zwei Jahren nicht mehr gesehen. „Ich habe gehört, du wohnst jetzt in München", sagte er. „Ja, schon länger", sagte ich. Ich sah nach Niko, um ihn Robert vorzustellen, aber er war gerade in einer Unterhaltung mit meiner Tante Emily gefangen, die gerne mit Komplimenten um sich warf, was mein sonst so demütiger Freund sehr zu genießen schien. „Buffet?", fragte Robert. Wir gingen hinüber. Dort waren sie versammelt, die selbstgemachten Speisen meiner Kindheit (der berühmte Kartoffelsalat meiner Oma, eingelegte Tomaten von Onkel Thomas, die selbstgemachte Wurst meines Opas, Frikadellen von Großtante Rita) und ich schielte schon auf die wahnsinnig sündhafte Milchmädchentorte der Cousine meines Opas, die, jawohl, die Oma von Kathrin, der Studentin, war. Ich wollte sie unbedingt als Nachtisch! Wir setzten uns mit unseren vollen Porzellantellern an die lange Tafel. Eine schwarze Handtasche hing verlassen über meinem Stuhl. „Ich habe auch in München studiert, bis zum Vordiplom. Wusstest du das?" Seine Gabel hing wartend in der Luft, bevor sie eine weitere Ladung Kartoffelsalat auflud.

„Nein. Wo hast du gewohnt? Und was hast du überhaupt studiert?"

„In einem Wohnheim in Schwabing" – „Ah schön!" – „Und studiert habe ich Physik."

Ich hielt im Essen inne und lächelte etwas gequält. „Ich war neulich im Deutschen Museum in der Physikabteilung", sagte ich. Robert nickte eifrig und begann von den Apparaten zur Messung der Supraleitung zu schwärmen, ich sah wieder die kaputte Waage vor mir, so dysfunktional wie mein phantasierter Ich-Apparat, der mit dem Einsetzen des zweiten Schlüssels zwar zu klackern begonnen hatte, doch schon ganz am Anfang hatte das Zahnrad die Kugel in eine andere Richtung gestoßen als geplant, so dass kein Stab angestoßen wurde, der kein Feuer entfachte, das sich nicht entlang einer Schnur bis zu einem komplexen Schaltsystem gefressen hatte, und dort nicht dominoartig mehrere Hebel umgelegt hatte, die keine vielschichtige Maschine in Gang brachte, um dann, am Ende eines mehrschrittigen Prozesses kein mich umfassendes Bild auszuwerfen. Die Kugel war runtergedotzt und dann gerollt und gerollt, hatte sich um sich selbst gewälzt, bis sie an Schwung verlor und jeden Augenblick zum Stehen kam. Ich dachte jetzt! – jetzt! – wird sie anhalten. Doch sie rollt noch ein kleines Stück weiter, dreht sich eine halbe Umdrehung noch um sich selbst und mit der allerletzten Kraft stößt sie ganz sanft an eine Stimmgabel. Gebannt warte ich darauf, ob die Stimmgabel einen Ton von sich gibt, oder ob sie stumm bleibt, ob der Impuls von einem Holzblock geschluckt wird, der alles nimmt, aber nichts gibt. Und dann erklingt sie. Sie steht auf dem richtigen Holzblock, einem Resonanzboden, der die

Impulse auffängt und weiterleitet, die Musik erklingen lässt und mit der in ihr wurzelnden Stimmgabel im Einklang schwingt.